景廉行记校注

〔清〕景　廉
｜著｜

邓　彦
陈剑平
范学新
｜校注｜

GUANGXI NORMAL UNIVERSITY PRESS
广西师范大学出版社
·桂林·

伊犁师范大学“中国语言文学”自治区重点学科资助出版

景廉行记校注
JINGLIAN XINGJI JIAO ZHU

出版统筹：汤文辉
出 品 人：乔祥飞
策划编辑：肖爱景
责任编辑：郭婷婷
　　　　　刘艳艳
责任校对：闫　曦
责任技编：王增元
书籍设计：蒙海星

图书在版编目（CIP）数据

景廉行记校注 /（清）景廉著 ; 邓彦，陈剑平，范学新校注.
桂林 : 广西师范大学出版社，2024. 11. -- ISBN 978-7-5598-7396-5

Ⅰ. I264.9

中国国家版本馆 CIP 数据核字第 2024VD2593 号

广西师范大学出版社出版发行
（广西桂林市五里店路 9 号　邮政编码：541004
网址：http://www.bbtpress.com）
出版人：黄轩庄
全国新华书店经销
三河弘翰印务有限公司印刷
（河北省三河市黄土庄镇二百户村北　邮政编码：065200）
开本：880 mm × 1 240 mm　1/32
印张：6.75　　　字数：140 千
2024 年 11 月第 1 版　　　2024 年 11 月第 1 次印刷
定价：98.00 元

愈经盘错而器良

——《景廉行记校注》序

最近，伊犁师范大学的几位青年学者完成了一项重要的学术工程——《景廉行记校注》，可喜可贺，值得赞誉。这是伊犁师范大学古籍学术研究领域中的又一项成果。早在三十多年前，伊犁师范学院图书馆曾组织几位老教师校订注释了尚未刊刻行世的《伊犁府志》《绥定县志》和《宁远县志》，为推动伊犁文史研究做出了不少贡献。现在，新一代伊犁文史研究工作者又推出了更为厚重的伊犁历史人物专集校注本，预示着伊犁文史研究将会更上层楼，开拓新的局面。

景廉是清代咸丰、同治年间在新疆颇具影响力的封疆大吏，曾任伊犁参赞大臣、叶尔羌参赞大臣、哈密帮办大臣、乌鲁木齐都统、督办新疆军务的钦差大臣等重要职务，他的行迹、著作都是研究新疆近代政治、经济、军事、文化的重要资料。搜集、整理、刊行这些资料，是研究伊犁乃至新疆文史的题中应有之义。所以，《景廉行记校注》的完成，确是一项功德无量之举。

《景廉行记校注》（以下简称《校注》）是我们目前见到的有

关景廉生平、著作资料最全面的汇集，不仅收入了景廉的两部行记（《冰岭纪程》传世的有稿本两种、抄本一种、刻本三种，已为西域文史研究者所熟知；《行程日记》则只有稿本，因而识者寥寥），还从所获二十三种景廉传记中整理了九种传记，从多角度展现了景廉的生平事迹，有助于读者知人论世。虽然在与新疆有关的众多清代政坛人物的资料中，有关景廉的资料不算宏富，但校注者不惮其烦，经过认真仔细的爬梳拣选，能够获取如此丰富的资料，亦实属不易。同时，他们对所获文献进行了细致的比对、校勘，花了不少心血，下了不少功夫。这种做学问的精神确实令人敬佩，无声地展现了新一代青年学者的风采。

《校注》中收录的《冰岭纪程》是景廉最重要的著述，记录了清代伊犁的重要人文景观与自然景观，“篇中摹状山谷，广异闻也；搜讨地志，探奥境也；稽考国事，示同轨也；沐浴歌咏，发天籁也”（见蒋凝学跋），对于推进“文化润疆”工程具有重要的文化价值。尤其是《冰岭纪程》中收录的诗作《度岭吟》一卷，确实是清代西域诗中的名篇佳作。其中，有的诗篇关心形势，注重备战，抒发勤于王事的情怀；有的反映少数民族的风情，表达对边疆各族人民的热爱；有的描摹沿途佳景，歌颂山川之雄奇，表达对祖国大好河山的赞美。《校注》收录的景廉另一部著作《行程日记》，虽不如《冰岭纪程》精彩，但他所行经的路途，是当时少有人迹之地，日记中对于沿途的地理、气候特点的记载也具有重要的认识价值。

值得一提的是，书后附录景廉传记九篇。这种全景式、多角度展示传主生平事迹的策划，并不多见。对于读者来说，可以免除翻检之劳，也有利于全面认识景廉，以便做出公正的评价。

不揣冒昧，放言如上，失当之处，敬希见谅。

吴孝成

2023年8月24日

整理说明

一、本书主要整理校注景廉的两部行记，一为咸丰十一年（1861）所撰之《冰岭纪程（附〈度岭吟〉）》，一为同治三年（1864）所撰之《行程日记》。前者以光绪己卯（五年，1879）重刊本的增订本为底本，以国家图书馆藏稿本影印本、国家图书馆藏抄本、美国哈佛大学哈佛燕京图书馆藏稿本、甘肃省图书馆藏刻本、光绪己卯重刊本为参校本进行校勘、注释；后者以国家图书馆藏稿本为底本进行整理。末附录官私著述之景廉传记、行状、碑铭共九篇，以助读者“既知其人，且论其世”。

二、本书对重要的西域史地名称、历史人物、有阅读困难的典故词藻、重要的内容差错等予以注释。

三、在整理中，如底本与校本相校有差异，则以“〔　〕”标序，于正文后之“校勘记”依次说明。

四、本次整理时照录底本。底本中的错字，用“〔　〕”改正；衍文用“〈　〉”删除；漏字用“[　]”补足；不能识读的文字，用“□”代替。底本中的双行夹注，置于句后“(　)”内；《行程日记》中的天头标注，则置于该日日记之末的“(　)”中。

五、原文中“匪”“逆”“贼”等特定历史条件下产生的词汇，仅代表作者当年的认知与立场。为保存史料原貌，整理中一仍其旧，在阅读使用时须留意甄别此情况。

六、书末所列之“参考书目”，详列了所据各版本的出处，供有查阅原书需求的读者参考。

目　录

冰岭纪程（附《度岭吟》）

行程日记

附录 景廉传记

冰岭纪程
（附《度岭吟》）

冰岭纪程（附《度岭吟》）简述

景廉（1823—1885），满洲正黄旗人，颜札氏，字俭卿，又字季泉，号秋坪。咸丰九年（1859）景廉任伊犁参赞大臣，同治元年（1862）调叶尔羌参赞大臣，同治五年（1866）任哈密帮办大臣，同治十年（1871）授乌鲁木齐都统，同治十三年（1874）被任命为钦差大臣，督办新疆军务，光绪元年（1875）回京供职。景廉驱驰西北十七载，戎马倥偬十年，先后主政北疆、南疆、东疆，经历了同治新疆大动乱，是咸丰、同治年间新疆颇具地位的封疆大吏，在反击阿古柏侵略势力、维护国家统一的斗争中做出了卓著贡献。

《冰岭纪程》是清代咸丰十一年（1861）伊犁参赞大臣景廉奉旨前往阿克苏、叶尔羌办案，翻越天山时写下的一部行记，内含行记一卷，附诗歌《度岭吟》一卷。《冰岭纪程》在西域史地研究中被广为征引，“是清代西域文史研究的名篇”①；《度岭吟》被誉为“西域诗中的一颗璀璨的明珠”②，在清诗研究中极受推崇。开展《冰岭纪程》的整理与点校，不仅有益于发挥其文学欣赏、文献考

① 朱玉麒：《〈行程日记〉作者及相关人事考》，《文献》2008年第4期，第143页。

② 星汉：《清代西域诗研究》，上海古籍出版社，2009年，第106页。

据价值，还能在“文化润疆”工程、“旅游兴疆”战略中发挥其重要的文化影响力。

《冰岭纪程（附〈度岭吟〉）》现有重要的稿本、抄本共三种。

1. 国家图书馆藏《冰岭纪程（附〈度岭吟〉）》稿本[①]

《古籍珍本游记丛刊》一书曾影印出版《冰岭纪程（附〈度岭吟〉）》清代稿本一种。[②]《诰授光禄大夫、建威将军、赐进士出身、翰林院编修、内阁学士兼礼部侍郎衔先考秋坪府君行状》载：景廉于“壬戌三月，回伊犁任”。[③]壬戌即同治元年（1862）。该稿本载，“予之两次度岭，皆风日清朗”，并于同治癸亥年（二年，1863）二月于叶尔羌作自序。综上，该稿本应是1862年景廉返回伊犁后，在逐日行记的基础上继续修订，最终于1863年在叶尔羌誊录而成。

据该稿本之影印本可知，卷首有同治二年（1863）自序，无跋，首尾钤“国立北平图书馆珍藏”印。《度岭吟》无独立封面。行书，每半叶6行，每行20至25字不等。在目前已知的稿抄本中，该本形成时间最早，保留了大量的修订痕迹。与美国哈佛大学哈佛燕京图书馆藏稿本（以下简称“哈佛稿本”）比较，二者的封面、卷内文字书写极相似，均保存了大量的修订内容。综上，这两个稿本，应是景廉在刊刻《冰岭纪程》前的两个重要稿本。国家图书馆藏《冰岭纪程（附〈度岭吟〉）》稿本是本次整理的重

① 索书号：地861/884.1。

② 刘家平、周继鸣主编：《古籍珍本游记丛刊》第5册，线装书局，2003年，第2263—2325页。

③ 台北故宫博物院藏：“景廉传包”，档号：故传009500-11。

要校本，以下简称“国图稿本”。除了前述之《古籍珍本游记丛刊》影印该本，中国社科院中国古代社会生活史料编委会编《中国古代社会生活史料（二编）》也影印了该版《冰岭纪程》，但未录入《度岭吟》。[①]

2. 国家图书馆藏《冰岭纪程（附〈度岭吟〉）》抄本

该抄本于“中国国家数字图书馆”之“中华古籍资源库·数字方志”可见，并注明其“出版时间：民国间[1912—1949]”。该抄本1册，24叶，楷书，半叶8行，行22字。前有同治二年（1863）自序，后无跋。其内容反映了“国图稿本”的修订结果，《度岭吟》增加了诗四首，但未反映“哈佛稿本”的修订结果，即该抄本的内容介于“国图稿本”与“哈佛稿本”之间。该抄本页面整洁，无修订痕迹。与“国图稿本”“哈佛稿本”相比，错漏衍脱之处较多，一些“国图稿本”中的注释小字被抄成正文大字。从书写习惯、书法风格来看，该抄本与“国图稿本”“哈佛稿本”也有一定的差异。综上，该抄本不似景廉亲笔誊录的修订本。该抄本是本次整理的校本之一，以下称作“国图抄本”。

3. 美国哈佛大学哈佛燕京图书馆藏《冰岭纪程（附〈度岭吟〉）》稿本[②]

该稿本共2册，前为《冰岭纪程》，后为《度岭吟》。卷首有

① 中国社科院中国古代社会生活史料编委会编：《中国古代社会生活史料（二编）》第43册，香港蝠池书院出版有限公司，2013年，第21337—21372页。

② 索书号：TNC/3079.1/6903。此版本的数据资源，参见 https://id.lib.harvard.edu/alma/990081068380203941/catalog。

景廉同治二年（1863）自序，无跋。楷书，半叶6行，行20字。自序首行钤“哈佛燕京图书馆珍藏”，序末钤“秋坪景廉”“颜札氏”；《冰岭纪程》题名下钤“燕京大学图书馆”；《度岭吟》题名下钤“哈佛燕京图书馆珍藏”“燕京大学图书馆”二印。该本抄录了“国图稿本”“国图抄本”的修订、增补结果，内容与甘肃省图书馆藏同治年间刻本基本一致，但也略有不同，应是《冰岭纪程》刊刻前由景廉精校的定稿本。该稿本是本次整理的校本之一，有影印本可资参阅。[①]

《冰岭纪程》重要的刻本，也有三种。

1. 同治年间刻本

甘肃省图书馆藏《冰岭纪程（附〈度岭吟〉）》[②]刻本一册，线装，书高23.0厘米，宽12.8厘米。四周双框，上单鱼尾，白口。共40叶，半叶6行，行20字。卷首有同治六年（1867）林之望序，同治二年（1863）景廉自序，书末有同治六年崇保、蒋凝学跋。该书扉页整面粘有一签：“同治十有一年太岁在壬申小阳望六日，秋帅赐于月氏戎幕。鸣沙丹山氏识。”其上钤有“伯祥赏鉴”“刘氏珍藏”二印。景廉号秋坪，同治十一年（1872）任乌鲁木齐都统，于新疆率军作战，故受赠者刘伯祥称其为“秋帅”。该书卷首有“张维之印”“鸣沙刘氏传经堂之私印”“甘肃

① 高国祥主编，甘肃省古籍文献整理编译中心编：《中国西北文献丛书·三编·第一辑·西北史地文献》第26卷，朝华出版社，2020年，第229—304页。

② 索书号：696.1/466。

省图书馆藏书”三印；其自序后钤有“景廉之印”“壬子翰林”二印；《冰岭纪程》首页有“还读我书楼藏书印”[①]；《度岭吟》首页有“俭卿未定草”印；书末有“甘肃省图书馆藏书”印。其中“景廉之印”“壬子翰林”“俭卿未定草”均为景廉之印[②]。可见该书先是由景廉赠予刘伯祥，后经张维收藏，最终藏于甘肃省图书馆。

同治五年至八年间，景廉任哈密帮办大臣，驻军于甘州、安西、敦煌、玉门等处，与甘肃诸大臣交善。同治六年（1867）夏，景廉赴兰州招募兵勇，与甘肃布政使林之望、甘肃按察使崇保、署兰州道蒋凝学等官员联词和诗，交游甚洽。[③]景廉“出《冰岭纪程》一卷，嘱为之序”（语见林之望序）。由是林之望、崇保、蒋凝学分别为之作序作跋。考虑到该书序跋均作于同治六年（1867）、景廉于同治十一年（1872）将该书赠于他人，该版可能刻于同治六年或稍后。

该版是目前可见较早的刻本。该本与前述诸稿抄本相比，保留了“哈佛稿本”的修订结果，但增了序跋。该版当前未受学界关注，尚未见其被某部丛书收录、影印。本次整理将其作为校本之一，以下简称“甘图刻本”。

2. 光绪己卯（五年，1879）冬都门重刊本

国家图书馆藏光绪五年刻本1册，该本又见于“中国国家数

---

① 还读我书楼：近代甘肃著名学者张维的故居书室名。

② 景廉于咸丰二年（壬子，1852）中进士，改翰林院庶吉士，故自称“壬子翰林”。“俭卿”为景廉之字。

③ 事见高羔：《循吏诗碑看往昔》，《甘肃日报》2018年1月9日，第9版。

字图书馆”之“中华古籍资源库 · 数字方志”，[①]注明其“出版时间：清光绪5年[1879]”。该版白口，四周双边，单鱼尾，共39叶，半叶6行，行20字。与“甘图刻本”相比，本版在序跋上保留了林之望序、景廉自序、蒋凝学跋，删除了崇保跋；内容大体一致，但局部有更改，如“甘图刻本”自序结尾处称“识于古莎车节署之退思堂”，该刻本则作“识于古莎车节署之留有余室”；在页码编排上，“甘图刻本”自序至跋连续编页，该版则序文单独编页、《冰岭纪程》《度岭吟》及跋文连续编页。1995年，吴丰培先生于《丝绸之路资料汇钞（清代部分）》影印了《冰岭纪程》《度岭吟》，[②]但未说明其所据版本情况。经过比较，可知该影印本依据的是光绪五年重刊本。

3. 光绪己卯重刊本之增订本

当前流传的“光绪己卯冬都门重刊本”，实有二种。除了上述刻本，另有一种，其前有恭亲王奕䜣、醇亲王奕譞的题词及董恂、藩祖荫所作序。因这四人的题词、序均作于光绪庚辰年（六年，1880），可知此版实际印成于光绪六年，故此也有人将该版称为光绪六年版。因该版主体仍是“光绪己卯重刊本”，光绪六年仅只增加了二篇题词、二篇序文，该版可视作光绪己卯重刊本的增订本。由于该版印成在后，内容最为完备，最为研究者重视。该版原本

---

① 索书号：地861/884。此版本的国图数据资源，参见 http://read.nlc.cn/OutOpenBook/OpenObjectBook?aid=403&bid=15349.0。

② 吴丰培整理：《丝绸之路资料汇钞（清代部分）》上册，全国图书馆文献缩微复制中心，1996年，第515—540页。

现存世较多，另有不少丛书将其影印出版，因此广为流传。[1]本次整理，即以该版本为底本。

除了上述各版，据闻北京大学图书馆藏有《冰岭纪程（附〈度岭吟〉）》稿本，有论者认为《冰岭纪程》初刻于同治二年（1863）或三年（1864）。这些尚未得见的“新”版本，值得我们继续探索，也期待学界共同揭秘。

《冰岭纪程》立体记录了清代伊犁的人文景观，景廉笔下的伊犁各族人民风情各异，和睦相处，他们共同开拓了祖国的西北边疆，共同开发了祖国的锦绣河山。《冰岭纪程》作为行记，描摹了“寒暑异致晴雨殊，变态奇形看不足”的天山美景，不仅可供游人共情神入，更是景区开发者、旅游路线制订者、旅游文化产品设计者宝贵的历史文化资源。《冰岭纪程》的字里行间，洋溢着作者对于忠诚、廉洁、担当的自我期许，高尚的政治品格跃然纸上。总之，《冰岭纪程》不仅有重要的历史文献价值，而且在推进“文化润疆”工程、新疆“旅游兴疆”战略、伊犁“旅游兴州”战略方面具有重要的文化价值。

① 据本版收入丛书影印出版的可见于：沈云龙主编：《近代中国史料丛刊》第36辑，台北文海出版社，1969年，第1—92页；边丁主编：《中国边疆行纪调查记报告书等边务资料丛编（初编）》第31册，香港蝠池书院出版有限公司，2009年，第297—392页；杨镰、石永强总主编：《丝绸之路西域文献史料辑要》第一辑卷二二七，新疆美术摄影出版社、新疆电子音像出版社，2016年，第253—346页。

题　词

冰天雪地越岑崟[①]，遍历西羌岁月深。

奇险初惊游宦境，清寒正合使臣心。

出操节钺鸿恩重，[②]入秉枢机鹤发侵。[③]

披读佳章辛苦备，太平还恃作甘霖。

秋坪[④]大司农[⑤]属题。时庚辰[⑥]端阳前三日。

恭亲王[⑦]未定草。

---

① 岑崟：山高峻貌。

② 节钺：指符节与斧钺，古代授予将帅，作为加重权力的标志。景廉历任伊犁参赞大臣、叶尔羌参赞大臣、哈密帮办大臣、乌鲁木齐都统、督办新疆军务的钦差大臣等要职，备受清廷信任，故此处称其"出操节钺鸿恩重"。

③ 光绪元年（1875），景廉自新疆回京供职；光绪二年（1876），署工部尚书，命在军机大臣上学习行走。景廉生于道光三年（1823），52岁方才还京，主政部院，赞襄军机，故此曰"入秉枢机鹤发侵"。

④ 秋坪：景廉号。

⑤ 光绪四年（1878）三月，景廉署户部尚书，五月调户部尚书。故称其为"大司农"。

⑥ 庚辰，即光绪六年（1880）。

⑦ 恭亲王：即奕訢，爱新觉罗氏，道光帝第六子，咸丰元年（1851）封恭亲王。

题 词

危峰插天天欲裂，石骨冰棱相屹啮[①]。
瑶圃[②]茫茫寸土无，宦游至此真奇绝。
前驱褦襶[③]达班齐[④]，迷离手拨痴云痴。
星轺[⑤]此际愁无那[⑥]，铁骑当年事可知。
多君倚马才无忝，穹庐然烛诗囊检。
腕底寒生珠玉光，胸间细列山川险。
一编莫漫叹劳薪，盘错方成柱石臣。
万里莎车[⑦]重回首，枕戈何限未归人。

醇亲王[⑧]甫稿。

---

① 屹啮：高耸交错貌。

② 瑶圃：古谓神仙居处。

③ 褦襶：衣服粗重宽大，不合身、不合时。比喻无能、不晓事。

④ 达班齐：即后文之“搭坂奇”，指在冰岭道维护道路、护导行人的维吾尔人。清人徐松《西域水道记》卷二载：“凿梯者曰达巴齐，凡七十户。”徐松所称之“梯”，指穆素尔岭上的冰梯。

⑤ 星轺：古代称皇帝使者为“星使”，故称使者所乘车为“星轺”。景廉度冰岭乃奉旨办事，故称其为“星轺”。

⑥ 无那：无奈，无可奈何。

⑦《冰岭纪程》完稿于景廉任叶尔羌参赞大臣时。叶尔羌，在古莎车。

⑧ 醇亲王：即奕譞，爱新觉罗氏，道光帝第七子，咸丰元年（1851）封为醇郡王，同治十一年（1872）进封醇亲王。

《冰岭纪程》序

古者大夫九能①，其一曰“山川能说”。顾说山川难说，山川于中原士大夫足迹所不到之地则尤难。同官秋坪仁兄以清华之选，抒宏济之谟，时于公余挹其言论风采，岳岳乎，渊渊乎，不可测所蕴。昔龙门史公②，南游江淮，上会稽，探禹穴，窥九疑，浮沅湘，北涉汶泗，复西征巴蜀，南略邛筰③、昆明。后之论其文者，想见其人，以为得山川之助。今读《冰岭纪程》，而知我秋坪得力之所繇，且所历又非龙门史公之所及见也。恂少以农曹随轺者七，厥后警跸扈从，凡诸百役，程各有纪。第所纪，要不越秦、陇、燕、冀、晋、赵、齐、鲁、梁、陈、许、郑、申、房、道、柏、吴、楚之境焉耳，岂若此驰情域外，诙奇谲诡，有不可同年语者。矧又随所见闻，形诸咏歌，足以当古者辅轩④之采哉！珠玉在前，

① 九能：古指大夫应当具备的九种才能。《诗·墉风·定之方中》“卜云其吉”，毛传：“建邦能命龟，田能施命，作器能铭，使能造命，升高能赋，师旅能誓，山川能说，丧纪能诔，祭祀能语，君子能此九者，可谓有德音，可以为大夫。”

② 龙门史公：即司马迁。

③ 邛筰：亦作“邛笮”。汉时西南夷邛都、笮都两地的并称，约在今四川西昌、汉源一带，后泛指西南边远地区或少数民族。

④ 辅轩：轻车，常为古代使臣所乘坐，后因之称使臣为“辅轩”或“辅轩使”。

觉我形秽。钦佩之忱，寤寐曷已。

光绪六年岁次庚辰秋七月朔，愚弟董恂[1]隶于京邸还读我书之室。时年七十有四。

① 董恂（1807—1892），江苏甘泉（今扬州）人，原名醇，字蕴卿。道光进士。咸丰十一年（1861）授户部右侍郎，次年兼署兵部左侍郎、三口通商大臣。同治四年（1865）任会典馆总裁、户部右侍郎，旋擢都察院左都御史；次年（1866）授兵部尚书；八年（1869）转户部尚书；九年（1870）任总理各国事务衙门大臣。光绪八年（1882）以病休。著有《荻芬书屋文稿》十七卷、《荻芬书屋诗稿》四卷等。

序

《鲁论》曰：“诵诗三百，使于四方。”诗传曰：“君子能此九者，可谓有德音，可以为大夫。”輶轩采谣，风物编志，由来尚矣。然而王尊叱驭[①]，雅记无闻，张骞凿空，遗篇未睹。目穷瓌诡之状，而笔不能传；躬涉灵奥之区，而言无以发。行远寡文，儒者耻之。同年秋坪大司农，胸有神珠，手为天马。藻腾彩笔，舣舟日边，令肃银刀，弭节关外。以奉命鞫狱普安，[②]成《冰岭纪程》一卷。秘镵[③]端倪，奇駴[④]心目。一见既确，万妙斯包。志灵怪则诞异齐谐，考道里则精同班志[⑤]。状景峭蒨如道元之注《水经》，掌

---

① 王尊叱驭：《汉书·王尊传》：“先是，琅琊王阳为益州刺史，行部至邛崃九折坂，叹曰：‘奉先人遗体，奈何数乘此险。’后以病去。及尊为刺史，至其坂，问吏曰：‘此非王阳所畏道邪？’吏对曰：‘是。’尊叱其驭曰：‘驱之！王阳为孝子，王尊为忠臣。’”后以“叱驭”作为公而忘险、奋不顾身之典。

② 道光八年（1828），“定喀什噶尔城名恢武，叶尔羌城名嘉艺，英吉沙尔城名辑远，和阗城名威靖，阿克苏城名普安，乌什城名孚化，库车城名巩平，喀喇沙尔城名协顺。”见《清宣宗实录》卷一四一，道光八年（1828）八月甲午。

③ 镵：刺，凿。此处有窥得秘境之意。

④ 駴：同“骇”，惊骇。

⑤ 班志：指班固所著《汉书·地理志》。

故通明似遗山[1]之述国史。以视法显撰记多据佛书，霞客纪游半讹译字者，异日谈矣。矧复好句云飞，奇情飙举。据鞍属草，雪花压帽而不知；击斗高歌，雕鸟出林而欲听。乐府争传，企喻太常疑奏；清商竟日，移情天山在眼。乃者皇威远詟[2]，虏焰全销，大帅龙骧[3]，远人蛾伏。中西域而立幕府，收松外而置县官。大司农方且茂赞，宸猷[4]永绥边计。辨风土卅六国，数若家珍；献铙吹十八章，定为雅乐。他日集成一品，言括九州，则荫虽不敏，当再焚香读之，涤砚题之。

光绪庚辰[5]四月，年愚弟潘祖荫[6]。

---

① 元好问（1190—1257），字裕之，号遗山，世称遗山先生。

② 詟：震慑。

③ 龙骧："骧"，腾跃。比喻气概威武。

④ 宸猷：意指帝王的谋略。

⑤ 庚辰：即光绪六年（1880）。

⑥ 潘祖荫（1830—1890），江苏吴县（今苏州）人，潘世恩孙。咸丰进士。光绪元年（1875）授大理寺卿，累迁工部尚书。七年（1881）参与中俄伊犁交涉，并条陈善后四事。九年（1883）署礼部尚书，入值军机处。

序

《崧高》《烝民》诸诗，历言申伯、仲山甫出使之美。其时以重臣奉天子命，怀柔万邦，夙夜匪懈，中兴事业，始基之矣。我国家泽浃埏紘[①]，幅员数〔一〕万里，而于西陲部落特简重臣，更迭抚驭，循旧典也。同年秋坪星使以壬子翰林[②]受知于文宗显皇帝[③]，〔二〕不数年擢少司空[④]，旋出为伊犁参赞大臣。咸丰辛酉[⑤]，奉命往普安谳狱。是行也，有康庄五千里，可达差所。星使虑其迟则生变，径越冰岭，旬日即至，讯两造款服。事既蒇帖如也，既而调任叶尔羌参赞大臣。同治壬戌[⑥]，因病乞假。以簿书失期，挂吏议。天子嘉其忠勤，命从军陇右，襄办穆春岩将军[⑦]戎务，宁夏以

① 埏紘：意谓边疆。

② 景廉于咸丰二年（壬子，1852）中进士，授翰林院庶吉士。

③ 文宗显皇帝，即爱新觉罗·奕詝，1850—1861年在位，年号咸丰，谥号“协天翊运执中垂谟懋德振武圣孝渊恭端仁宽敏庄俭显皇帝”，庙号“文宗”，习称咸丰帝或清文宗。

④ 司空：工部尚书俗称。工部侍郎则称“少司空”。景廉于咸丰七年（1857）任工部右侍郎。

⑤ 咸丰辛酉：即咸丰十一年（1861）。

⑥ 同治壬戌：即同治元年（1862）。

⑦ 穆春岩将军：即穆图善（字春岩），其于同治四年（1865）调任宁夏将军，督办甘肃军事。

平。寻奉旨赏给头等侍卫，简放哈密帮办大臣。丁卯[①]夏，取道兰州，把袂甚欢。出《冰岭纪程》一卷，嘱为之序。展玩未竟，咄咄逼人。其险怪则狮眠虬攫，其奇辟则鬼斧神工。冷艳晶光，迸落襟袖。如入鲛人之馆，凉浸冰绡；如游广寒之宫，深探月窟。昔人谓盛夏对《北风图》可以祛暑，[②]岂欺我哉！观止矣。虽有赤城之霞，沧海之日，峨眉之雪，黄山之云，侔色揣称，亦甘拜下风矣。星使以抑塞磊落之才，胸罗万卷书，目穷万里山川。其发为文章，施诸经济，正未可以涯涘[③]求兹卷，特文人之余事耳。然而王遵〔尊〕叱驭，声震大行，张骞泛槎，气惊牛斗。士君子生逢盛世，感激而效驰驱。有坚定之学力，而后可以履此险境；有潇洒之襟怀，而后可以玩此奇境。至于精诚感召，人定胜天，则崎岖世界顿化亨衢，无往而非安平康乐之境。吾于《纪程》一卷，见文章经济之梗概焉。又况自今以往，勒铭天山，宣威露布，勋业所被，垂诸咏歌，安在不与申、甫诸人争烈耶！谨序。

同治六年岁次丁卯六月，赐进士出身、翰林院编修、甘肃布政使司年愚弟林之望顿首拜撰。

---

① 丁卯：即同治六年（1867）。

②《太平广记》卷二一〇载："后汉刘褒，桓帝时人。曾画云台阁，人见之觉热；又画北风图，人见之觉凉。官至蜀郡太守。"

③ 涯涘：水的边际，泛指边际或界限。此处有边陲之意。

自序〔三〕

冰岭[①]在阿克苏东北四百余里。伊江[②]戍卒换防恢武[③]，及南路各城运送官物者，皆取径于此。路甚捷，景亦甚奇。予既熟闻而神往矣，常以不得一见为恨。遇度岭者，询其状则缕述[④]艰险，往往为之咋舌，不啻谈虎色变。予初未之信也。岁辛酉[⑤]秋，适有谳狱普安之命，拟取道冰岭。爱予者皆为予危，予笑谢之。遂于九月二日束装就道，十二日〔四〕度冰岭，又八日〔五〕抵普安。其道路之崎岖、山川之诡异，诚有非意料之所及者。乘危履险，生死呼吸，壮志豪情，一时俱尽。百闻不逮一见，今而后知人言之不诬也。而予生平之大观，亦以此行为最。爰逐日笔记，俾后之往来冰岭者，持此为老马之导，或者不无裨益云。

---

① 冰岭：即下文之“穆素尔岭”，或作“木素尔岭”“穆萨尔岭”等。地处今拜城与昭苏两县之间，是连通南北疆的重要通道。乾隆二十五年（1760），清政府于其南北两麓各置军台，并派维吾尔族民众七十户专管凿冰修路。北疆赴南疆西四城换防的官兵、南疆运送伊犁的棉花和布匹等物资，多经此道。

② 伊江：清人对伊犁河的雅称。此处以其代指伊犁。

③ 恢武：即喀什噶尔城。

④ 缕述：意谓细致入微地描述。

⑤ 辛酉：即咸丰十一年（1861）。

岁在同治癸亥[①]二月既望〔六〕，吉林秋坪景廉识于古莎车节署[②]之留有余室〔七〕。

① 同治癸亥：即同治二年（1863）。

② 同治二年时，景廉任叶尔羌参赞大臣。叶尔羌在古莎车国界，故此称“古莎车节署”。

冰岭纪程

吉林景廉秋坪

咸丰十一年岁次辛酉九月初二日，在伊犁参赞大臣任内，遵旨前往阿克苏查办事件。[①]是日辰正，由城[②]起行，常子澄将军[③]率文武官饯于郊外〔八〕。地窝堡〔九〕茶尖，少憩。经惠宁城（即巴燕岱城）、熙春城一带。北山绵亘起伏，如送行人。未初一刻，至

---

① 咸丰十一年（1861）六月十五日清廷发布上谕："前因绵性奏请将私征回户钱文改充公用，当经谕令常清、景廉查明有无流弊，据实具奏。复据英蕴奏参绵性私设盐课，向安集延人收要盐钱，并谕常清等查明参奏。本日据绵性奏，办理改征回赋事宜，常清、英蕴意存回护，领队大臣贵文自抵阿克苏后，授意招告，按日索要米面羊只等项，请钦派大臣查办等语。绵性因伊犁领队大臣贵文前赴阿克苏查办回户事件，辄称常清等有意阻挠，煽惑回众，显系意存反噬。着派景廉驰赴阿克苏，将改征回赋有无流弊，并绵性有无私设盐课、征收安集延人盐钱情事，确切查明，据实具奏。所称并无征收账簿，虚实亦应彻底根究。贵文在阿克苏有无需索情弊，一并严密确查，毋许含混。绵性不候查办，辄敢哓哓置辩，并欲将呈告回民治罪，实属谬妄，着退出乾清门，即行撤任，听候查办。绵性另片奏，英蕴派署粮饷章京乌仁泰向阿奇木伯克乌舒尔索派夫马，并将官仓扁额任意摘取各情，着景廉一并查明具奏。"（见中国第一历史档案馆编：《咸丰同治两朝上谕档》第11册，影印本，广西师范大学出版社，1998年，第194页。）

② 即伊犁将军、伊犁参赞大臣驻地惠远城。

③ 常子澄将军：即伊犁将军常清，与景廉为姻亲。

宁远城（九十里，即固尔札，俗呼金顶寺），宿阿奇木伯克①〔十〕花园。园大不数亩〔十一〕，而林木蓊郁，幽静可喜。向东敞庭三楹，窗开四面，缭以回廊，亦轩爽有致。

路平坦，而沟渠特多。

是日暖，午后有风。

初三日，辰正起程。绕固尔札城行。十里，至伊犁河渡口。乘船渡至南岸。河面甚宽，水深溜急。又乘马渡支河二处，水过马腹。锡伯营②总管萨凌阿③率众官来接。四十里，锡伯渠大桥茶尖。未正三刻，宿察布察尔（九十里）。以后皆住蒙古包。毳幕重裀，羔羊酪酒，居然塞上风光矣。

一路平坦，间有沟渠。

固尔札城外东北隅半里许沙阜上，恭建平定准噶尔勒铭伊犁前后碑④。

---

① 阿奇木伯克：伯克制下的官职名。清政府于回部、伊犁实施伯克制。在某城或某村，阿奇木伯克为最高级别的伯克（自三品至六品不等），总办当地一切事务，听命于当地将军、驻扎大臣。

② 锡伯营：伊犁驻防旗营之一。设领队大臣一，驻惠远城；总管、副总管各一，驻本营。在伊犁河南驻牧屯种，担负屯垦戍边的使命。

③ 萨凌阿：或作“萨凌阿”。咸丰十一年（1861）七月，萨凌阿授为库车办事大臣。景廉于同治三年（1864）东返时，二人再次相会于库车。事见《行程日记》同治三年正月廿九日所记。

④ 平定准噶尔勒铭伊犁前后碑：共有两座。其一为“平定准噶尔勒铭伊犁之碑”，由乾隆帝撰文，立于乾隆二十年（1755）五月，有碑亭，后被毁。另一座为“平定准噶尔后勒铭伊犁之碑”，碑文亦由乾隆帝亲自撰拟，立于乾隆二十三年（1758）七月，后被毁。

固尔札仓在河北岸，距渡口数里。

伊犁河即古伊列水也。有二源，一为特克斯河，一为空格斯河（又作空吉斯河）。二水会于乌兰库图尔岭南，合流而西，是为伊犁河，镇川也。春秋祀之。

察布察尔水源出察布察尔岭，岭在鸦玛图〔十二〕西七十余里。引为渠，溉洋萨尔及铜敞〔厂〕各回庄。又东，浚为锡伯渠。

初四日，卯正兴，候马齐。巳初二刻起程。约十余里，入山行，渐有坡坨。四十里，茶尖。尖后乘马。未初一刻，宿索果尔台[①]（六十里）。至此归军台正路。

两日午后甚暖。

初五日，辰初二刻起程。过库森绰罗搭坂（搭巴罕，译言“岭”也，俗呼“搭坂”），乘马行，路甚陡峻，悬厓[②]处一骑仅通。下岭，入山沟，一水潆洄，过数十次，即索果尔河。遍岭松柏，踵顶错绣，低枝碍马，浓翠侵肌，塞外奇观也。终日延赏，心目为之一快。〔十三〕乘马过索果尔搭坂，岭高二十余里，蚁旋而上，喜不甚陡。六十里，茶尖。入山沟后，随涧转折，坡坂上下，马力为瘏。申初二刻，宿博尔台[③]（百里）。台畔有博

① 索果尔台：《新疆识略》卷四载，索果尔台“在索果尔达巴罕北二十里，距海努克台九十里”。

② 厓：同“崖”。

③ 博尔台：在今新疆昭苏县与察布查尔县交界处山隘之北。《嘉庆重修一统志》卷五一七载：“博尔台，索郭尔台西南八十里。”

尔河。

午后风。

索果尔水，源出索果尔岭，岭在惠远城东南二百十五里。博尔水，源出博尔岭。大小博尔岭两山相比，中即博尔河也。

索果尔搭坂产铁，官设矿敞〔厂〕。乾隆三十八年，调阿克苏回子①三十户采挖，迄今仍之。

过索果尔搭坂后，南山有巨石，大数丈，形如虾蟆伏而欲跃〔十四〕，土人呼为“虾蟆石”。

初六日，辰正起程。乘马过土岭十余重，岭有极高极陡者，下坡少杀。六十里，茶尖。尖后路平，荒草连天，一望无际。过大小霍诺海河（一作“华诺辉”），支流散漫，路多泥淖。申正，宿霍诺海台②（百里）。两日甚暖。

大小霍诺海水源出霍诺海岭，山与和济格尔相直。

铜敞〔厂〕在西北山中，距台约三十余里。嘉庆六年，以哈什旧敞〔厂〕矿竭移此。

初七日，辰初二刻起程。过小河数十次。茶尖后，乘威呼渡特克斯河；从人乘马，由上游浅处乱流而渡。

---

① 回子：清代对维吾尔民众的称呼。

② 霍诺海：一作和纳海，即今新疆昭苏县东上洪纳海。《新疆识略》卷四载，霍诺海台“在大霍诺海东、小霍诺海西，距博尔台一百里”。后徙至今昭苏县东郊。

“威呼”，国语，小艇也。①以径二尺、长一丈木二，凿空〔十五〕，略似船形〔十六〕，相去尺余，两端贯以横木，中铺薄板数片，仅容五六人。水手二，一摇橹，一撑篙，名曰乌苏奇②。船小水深，时复攲侧。幸河面尚仄，瞬息可达南岸耳。未初一刻，宿特克斯台③（百二十里）。台在河南岸，路夷马驶，故到台甚早。

额鲁特营④上三旗、下五旗总管率众官来接。

清风徐来〔十七〕，人意健爽。土人有“热霍诺海、冷特克斯”之谣，信然。

特克斯水〔十八〕，源出汗腾格里山，在那拉特岭〔十九〕西五百

---

① 此处“国语”指满语。满语 weihu，意指独木舟、小船、舟。《新疆图志》卷八〇载：“刳木为舟，国语名曰‘威呼’。”

② 乌苏奇：源于蒙古语 usuqi，本处指驾船摆渡之人。《新疆图志》卷八〇载，乾隆二十八年（1763），伊犁参赞大臣伊勒图“以特克斯河水深阔，造威呼二，令索伦善操舟者二人教习之。”

③ 特克斯台：据《新疆识略》卷四载：“在特克斯河南岸，距霍诺海台一百里。自霍诺海台西南行，过大霍诺海水、巴拜布拉克水、塔塔尔虎布拉克水、大哈尔罕图水、小哈尔罕图水、月尔图水、沙拉诺海水，逾青石梁，过哈升水、哈拉乌苏水，至特克斯河北岸，渡河，即特克斯台。”

④ 额鲁特营：乾隆三十年（1765）置。依八旗建制，分左右两翼。乾隆三十年，自热河携眷移驻的达什达瓦额鲁特兵五百户，编为左翼额鲁特昂吉。乾隆三十二年（1767），伊犁将军阿桂具奏，将左翼一昂吉分为上三旗，设总管一员、副总管一员，每旗佐领二员。上三旗驻特克斯河一带。乾隆二十五年（1760）起，原有额鲁特并陆续自哈萨克、布鲁特内投出的额鲁特，编为右翼额鲁特一昂吉。右翼后分为下五旗，设总管一员、副总管一员，乾隆三十五年（1770）伊犁将军伊勒图奏准每旗俱设两个佐领。下五旗驻牧喀什河一带。乾隆三十七年（1772），伊犁将军舒赫德奏准，沙毕纳尔营归入额鲁特下五旗管辖，设副总管一员、佐领四员。沙毕纳尔营驻牧特克斯一带。

里，山脉来自穆素尔岭。山势尊严，群峰环拱，为天山之主峰。特克斯河出其北麓，东行九百余里，会空格斯河，折而西流，即伊犁河也。《新疆纪略》与《西域水道记》所载少异。

初八日，辰初三刻起程。地多鼠穴，时碍马足。两处茶尖，皆少憩。未初十分，宿沙图阿满台①（八十里强）。台在山麓，地当要冲（冬日则移台于山口内）。由霍诺海至此皆坦途。

晴暖，午后甚热。

初九日，早大风，浓阴如墨，少刻风止，大雪。辰正冒雪起程，入山行。重峦叠嶂，不辨西东。渡噶克察哈尔海河（此为下游），水势遒紧。乘马过天桥，旋折而上，路甚逼仄。右依峭壁，左俯深溪〔二十〕，石齿嶙峋，马行龃龉。无路处架以枯木，涧水汹涌，如万马奔腾，势极骇人。《西域水道记》〔二十一〕所谓“悬流喷激，并山东流，九十里，至天桥，山径中断，下临不测，编木为栈”，即其处也。三十里，喇嘛庙尖。雪逾大。五六里后，山路几隘，怪石纵横，经雪极滑，人马屡蹶。未正三刻，宿阿东格尔台②（五十里强）。伊犁南八台止此。乾隆二十八年，

① 沙图阿满台：在今新疆昭苏县西南夏特柯尔克孜族乡。《新疆识略》卷四载，沙图阿满台“距特克斯台八十里。自特克斯河岸西南行皆平川，七十余里入山，山口内里许，即沙图阿满台”。

② 阿东格尔：或作恩东格尔。《新疆图志》卷八〇载：“特克斯台折西八十里沙图阿满台，六十里阿东格尔台，接温宿北境驿路（距噶克察哈尔海驿一百六十里，又二十里上穆素尔岭，即冰达坂，又七站至阿克苏）。”

参赞大臣伊公勒图置七台，后添设阿东格尔台[1]，是为八台。

此站山形险怪，岩谷窅深[2]，竟日天阴似磬，如入黑暗狱中。然一路长松滴翠，峭壁插云，步步引人入胜，故终日驰驱，不觉其苦。到台时，雪积征衣寸许矣。申刻雪晴，入夜寒气凛冽，砭人肌骨，竟夕瑟缩〔二十二〕，不能成眠。

此后竟日乘马，直至亮噶尔台，始坐马轿。

噶克察哈尔海水，源出穆素尔岭之阴，至噶克察哈尔海台西南潴为池。北经军台，曲折流山中，至沙图阿满台西，又北流入特克斯河。

初十日，巳初一刻起程。石径崎岖，索费马力，特坡坨微少耳。三十里，卡伦房尖（伊犁、阿克苏交界）。渡河数次，深者及马腹，皆噶克察哈尔海水也。未初二刻，宿噶克察哈尔海台[3]（四十里）。天晴，早甚凉，入夜大风。

阿克苏锡领队[4]差巡捕、戈什哈[5]来接，沿台支应羊面草料，

① 道光十年（1830），因噶克察哈尔海台距沙图阿满台站路途遥远，经伊犁将军玉麟奏准，于噶克察哈尔海台、沙图阿满台二台中间恩东格尔布瑚图地方，添设一台。

② 窅深：幽深。

③ 噶克察哈尔海台：地处伊犁、阿克苏之交，距沙图阿满台一百里，距塔木哈塔什台一百二十里。

④ 锡领队：即伊犁额鲁特营领队大臣锡拉那。咸丰九年（1859），锡拉那受伊犁将军扎拉芬泰委派，赴叶尔羌查案。咸丰十一年（1861）景廉赴阿克苏查案时，锡拉那仍在南疆。

⑤ 戈什哈：满语 gocika，意为“护卫”，清朝高级官员的侍从护卫，简称“戈什”。总督、巡抚、将军、都统、提督、总兵等都可自行选派。

却之（后奏明禁止来往官员供应[二十三]）。

噶克察哈尔海台关帝庙[二十四]有石佛一尊，俨然石也，而灵应如响。相传有防兵旋伊，在冰岭迷途，遇老叟，语之曰："予知路，特衰朽不能动履，子盍负我以行，我且为若指迷。"兵从之，因得出山。至军台，觉肩背甚重，力不能胜，置之地，则巨石耳，遂顶礼供奉，至今香火不绝。予过此亦展谒焉。

十一日，辰正二刻起程。冈峦起伏，石路拗折，绝少坦途[二十五]。巳正二刻，宿特莫尔苏①（三十里）。只行半站，节马力也。为明日过搭坂地。

午后狂风大作，山谷应声，旃帐多被吹起。以地当山口，故风力倍劲。夜止。

十二日，天气晴朗[二十六]，辰初起程。渡河后，上坡，石路，雪泥滑汰，旁俯深壑。越数小岭，石逾大，不良于行。经雪海，四山环绕，中广袤数十里，皆积雪，冬夏不消，莫测深浅。杜环《经行记》云："安西（今库车地，唐置安西都护府，非安西州也[二十七]）西北千余里，有勃达岭。又北行数日，度雪海。海在山中，春夏常雨雪，故曰雪海[二十八]。有细道，道旁往往有冰孔，嵌空万仞，转堕者莫知数。"即其地也。循山脚踟蹰行，经鱼尾搭坂，路尤险峻。草搭坂少歇。[二十九]过此，即穆素尔搭巴罕矣（穆

①《钦定河源纪略》卷九载，阿克苏河"东源出北山，名特穆尔苏（蒙古语。特穆尔，铁也；苏，水也。水色如铁，故名）"。

素尔，译言“冰”。搭巴罕，译言“岭”。即“冰岭”也。俗呼“冰搭坂”）。数十里中无处非冰，或小如培塿，或高如邱陵，若崩若隤〔三十〕，忽断忽续，奇形变态，倏尔万千。寒气精光扑人眉宇，真成琉璃世界矣。奇观也！大观也！此化工得意之笔也！人马履冰而行，高下曲折，极崎岖之致。逼仄处，路仅一线，异常危险。揽辔徐步，心旌摇摇。冰坼处塞以驼马之骨，挥鞭竞过。下有水声，淜湃震耳，目不敢视，亦无暇视。冰岭颠有玛札尔①，累石为之，以杆系马鬣马尾〔三十一〕，遍植左右。回俗谓神栖其上，故往来者皆拜祷焉。少坐，徒步下岭。冰梯数百仞，明如镜面，曲折而下，极陡极滑。四围冰棱矗立，如置身水晶域中。梯上铺毡，左右扶掖，否则寸步难移矣。下岭后乘马行，冰冈起伏，仍须登降，猱升鹘落，备诸艰险，较岭北尤甚。时已薄暮，暝烟四合，川谷纠纷，对此茫茫，百端交集。笼烛行十余里，戌初三刻，宿塔玛哈塔什台②（九十里强）。此站乱石纵横，冰雪杂沓，绝无路

---

① 玛札尔：或作“麻扎”，阿拉伯语的音译，原意为“拜谒之处”“圣地”“圣徒墓”等，后用于指称伊斯兰教中显贵的陵墓。该玛扎尔在穆素尔岭南山麓、塞塞克爱噶尔雅勒涧旁，附近险要路程四十余里。在清朝统一新疆之前，准噶尔蒙古在该处树幡、诵经致祭。乾隆二十五年（1760）四月，该处有运输兵丁冻毙。面对该处“山涧险阻，猝遇风雪，人力难施”（《清高宗实录》卷六百十二）的情形，在该处造屋避御风雪外，乾隆帝发布上谕：“如回人内有善于禳禬者，令其虔诚讽祷，或无其人，即遣厄鲁特人致祭。”（《清高宗实录》卷六百十二）这样，该处就留下了这座充满蒙古族特色的“玛札尔”。

② 塔玛哈塔什：或作“塔木塔什”“塔米哈塔什”等，位于穆素尔达坂南侧温宿县境。

径。搭坂奇回子徒步前导（冰岭往来之路，恒数日一易当差回子，曰“搭坂奇”，路径最熟，过岭者用为前导），持鸭觜小锄，遇上下坡明冰处，则斸成梯蹬，以妥马足。是日，天气晴和〔三十二〕，然已重裘矣。

《西域水道记》〔三十三〕云：“《车登三丕勒传》：‘乾隆二十年六月，霍集斯禽献达瓦齐，偕副都统额尔登额，以兵五百，由穆素尔岭往取，械达瓦齐诣军。’又名造哈岭。乾隆二十三年，定边将军兆公惠奏，搜捕额鲁特余匪，自巴尔呼特岭过造哈岭是也。又乾隆二十五年，命办事大臣阿公桂等专理屯田，由阿克苏率满洲索伦兵五百名、绿营兵百名、回子三百名，越穆素尔岭，至伊犁镇守，即此。山脉来自西三百里之萨瓦布齐山，亦喀克善山之支峰，故《唐书》以为葱岭北原。岭长百里，高百余丈，坚冰结成，层峦叠巘，高下光莹。冰三色，一种浅绿，一种白如水晶，一种白如砗磲。”杜环《经行记》云：“岭端夏日消释，泛滥四出，冬复增高。冰中时函马骨，又含巨石如屋。及其融时，冰细若臂，衔石于颠，柱折则摧，当者糜碎。”辨机《西域记》云：“跋禄迦国西北行三百余里，度石碛，至凌山〔三十四〕。山谷积雪，春夏含冻，虽时消泮，寻复结冰。经途险阻，寒风惨烈，多暴龙，难陵〔三十五〕犯。行人由此路者，不得赭衣持瓠、大声疾呼。微有违犯，灾祸立〔三十六〕睹。暴风奋发，飞砂〔三十七〕雨石。遇者丧没，难以生全。”按，以上各记，情景逼真，后之游者无烦赘述。唯赭衣持瓠之禁，问之回子〔三十八〕，佥云不知。而火酒猪肉，其禁綦严（言语亦多禁忌），犯者风雪立至，过岭者不可不慎。又，《水道记》称："遇风雪迷途，有一神鹰飞鸣，随其所向觅路，乃得出。"① 询之诚然。又，回子云，每遇风雪，则路上必有狐兔行踪，借为指南，百不失一。又云，冬日度岭，时有太〔大〕声訇訇，如万钟齐鸣，山谷应响，则冻极冰坼也。又杜环《经行记》称："勃达岭北行千余里，至碎叶川。其川东头有热海，兹地寒而不冻，故曰热海。"今无考〔三十九〕。

十三日，小住一日，以节马力。

冰岭下洪涛喷薄〔四十〕，色若米汁〔四十一〕，俗呼白龙口。其上冰梁横亘，塞满山谷，高数十寻，曰老龙背。夏日河水盛涨，不通行旅，遇紧要文报，则由老龙背上侧足蛇行而过，路仄且滑〔四十二〕，稍一失足，不可问矣。

塔玛哈塔什军台后山尤险恶，峻削极天。〔四十三〕台西五里许，涌泉如墨，谚曰黑龙口，与白龙口二水交汇于军台南，是为穆素尔河（即渭干河西源）。军台前关帝庙〔四十四〕中，有山东董作模〔四十五〕一联，甚佳："此地望凌山，叹鬼斧神工，现万种奇形变态；何人骋游辔，经冰梯雪窖，定一般动魄惊魂。"〔四十六〕因忆洪稚存② 前辈

---

① 语见《西域水道记》卷二。

② 洪亮吉（1746—1809），字稚存，江苏阳湖（今武进）人。乾隆五十五年（1790）进士，授翰林院编修，督贵州学政。后入值上书房。嘉庆四年（1799）因上书指斥时弊，获罪遣戍伊犁。次年获释东归，忆在新疆见闻，作《伊犁日记》《天山客话》等。著《万里荷戈集》《百日赐环集》《洪北江诗文集》等。

有《冰山赞》云〔四十七〕："阴阳显晦，倏尔万变。飞仙失足，亦堕无间。冰梢烁日，波末闪电。清商夜聆，奇鬼昼见。危兹达坂，高乃百盘。南驰于阗，北走大宛。汹汹隆隆，地轴半坼。熇熇烁烁，天宇五色。"读之可以知其梗概矣。

十四日，辰正起程。雾气迷漫，不辨南北。过穆素尔河，河深仅及马腹，而水势遒紧，马难驻足。夏秋盛涨，最称凶险。渡河后，行河滩碎石路。〔四十八〕过山坡数处，大石难行。经玉搭坂，茶尖少坐。一路悬厓〔崖〕峭壁，险恶异常，自踵至顶，寸草不生，尤败人意。过河数次，皆穆素尔河支流也。距台数里，一河为众流汇归之所，奔湍汹涌，夏日渡此，往往失事。未初二刻，宿胡素图托海台①（六十里强）。台房廿余间，门墙毕具，居然可观。

未刻大风，日以继夜。

十五日，辰正起程。山势逾合，天地为隘。沿山坡行，或升或降，怪石崚嶒，马行无一妥步。山巅间有小松，点缀成趣。午初二刻，宿土巴拉克台②（六十里）。是日，奉派赴叶尔羌查办事

① 胡素图托海台：又作"瑚斯图托海台"，位于今新疆温宿县与拜城县交界处的木扎尔特河上游。据《新疆识略》卷三载，该台距图巴喇特台五十里，距塔木哈塔什台八十里。

② 土巴拉克台：或称图巴拉特台、图巴喇特台。据《新疆识略》卷三载，该台距胡素图托海台五十里，距亮噶尔七十里。

件之命。[1]

竟日阴，夜大风雪，四山皆白。

十六日，早浓阴，微雪。辰初起程。经螺蛳搭坂，大石林立，从石罅中觅路而行，上下盘旋约十余里。过搭坂后，复越数岭，无处非石。大者如屋，玲珑瘦透，雅可瞻玩。经天桥，依山辟路，接木为桥，行人如虱缘衣缝，仄处仅〔四十九〕容马足。涧中水声怒号，不辨人语。下桥茶尖。六十里，至破城子。山势渐开，石亦较小。连日沿溪涧行，或避水而登山，或阻山而涉水，至此水折而东，路转而西，不复见矣。又过数小岭，山势大开，平原旷远〔五十〕，心目为之一豁。未初，宿亮噶

---

① 景廉奉到的上谕全文是："常清、景廉奏叶尔羌参赞大臣措置乖方、致滋物议、请派员查办一折。据称，绵性函称英蕴借端科敛，回情不服，恐致激成事端。该将军等当经委员驰赴南路密查。上年冬月，该城摊派银两不公，以致固玛庄回子纠众抗拒，英蕴将该庄回子拿获正法者九名。该处回子不服，有赴别城控告者，中途被阿奇木伯克差人截回。十二月间，该大臣署内演戏七日，为其母贺寿等语。叶尔羌为回疆总汇之区，统辖南路八城，抚绥回众，最关紧要。现在喀什噶尔回匪叠次入卡滋事，虽立时扑散，而夷情叵测，尤虞暗中勾结，乘间窃发。英蕴于回犯抗差逞凶，并不按例惩办，辄照回子经典，斩决多名，又未奏明办理，实属荒谬。且恐有额外苛敛情事，若不认真查办，恐该回子冤抑莫伸，激成事端。景廉现赴阿克苏查办绵性改征回赋一案，即着就近驰赴叶尔羌，将该城上年摊派究系何项银钱，因何不公；所斩回子多名，系犯何项罪名，何以并不具奏；新疆禁止演戏，何以违禁演唱；并此外有无别项情事，确切查明，据实具奏。并着常清、景廉传知英蕴，令其先行明白回奏。将此谕令知之。"（见中国第一历史档案馆编：《咸丰同治两朝上谕档》第11册，影印本，广西师范大学出版社，1998年，第293页。）

尔台[①]（八十里）。公馆数间，湫隘殊甚，仍住蒙古包。

午后晴，晚阴，微雪。

十七日，辰初一刻起程。路平，〔五十一〕十里后坡坨起伏，渐入乱山中。四十里，茶尖。尖后下搭坂，高而不陡。过此数里，小山杂沓，官道中分，路转峰回，沙平于掌。山不高而奇峭嶙峋，旁出侧聚，尽态极妍，画笔不到。山上土石皆侧立，作深红色。至盐山口，则间以苍绿，五色陆离，应接不暇。特濯濯之态，令人败兴。出山口，过阿拉巴特河，水深仅二尺余，宽约一矢。每至伏秋涨发，弥望汪洋，往往经旬不通行旅。未初一刻，宿阿拉巴特台[②]（九十里，俗呼盐山口）。台在南岸，地据高阜，林木蔚然，台房整齐，院落宽展。

是日暖，微风。

《西域水道记》〔五十二〕云："姑墨川水，唐之拨换河，今之阿拉巴特河，亦曰阿察哈喇河。源出阿克苏城北玛札〔五十三〕尔沟山中，东南流经和约伙罗克军台[③]南（此台今废），绕盐山东。盐山者，自

① 亮噶尔台：又作亮格尔台。"亮噶尔"为维吾尔语，指设在驿站上两站间的小站，或译称"腰站"。

② 阿拉巴特台：或作"阿尔巴特台"，在今新疆温宿县阿尔布拉克附近。《新疆识略》卷三载："阿尔巴特台，俗名盐山口。西南至札木台八十里，北至和约伙罗克台八十五里。"

③《新疆识略》卷三载："和约伙罗克台，俗名亮噶尔。"《西域图志》卷一六载："亮格尔，在赫色勒东北九十里，地居山谷间。西南距阿克苏城一百六十里。又北八十里为图巴拉克，又北八十里为玉斯屯托海，又北七十里为塔木哈他什，又北一百二十里为噶克察哈尔海，接山北伊犁西路界。"

麓至巅，赤土壁立，草木不生，土中产冰盐，小者如拳，大者如盘，光明似水晶，已目疾口病，故山有‘赤沙’之号（汉时乌孙治赤谷城，疑在此山中也）。水经山之东而南，流经裕勒哈喇衮军台西，其地古姑墨国也。又南，入沙而伏。”①〔五十四〕

段公路《北户录》云：“盐有如水晶状者。”《一统志》：“撒马儿罕土产水晶盐，坚明如水晶，琢为盘，以水湿之，可和肉食。”盐山口所产之盐，与此正同。阿克苏城市亦有售盐盘者，知古人之言不诬也。又，《酉阳杂俎》载：“白盐崖有盐如水晶，名君王盐。”取名甚奇创。

十八日，辰初二刻起程。里许，出山口，即坦途，间有碎石〔五十五〕。近札木台，沙路甚深，尘埃眯目。过河后，沟洫纵横，田园平治，草木荟蔚，鸡犬相闻，居然村落矣。午正，宿札木台②（九十里）。札木为南路往来冲途，行馆可住。

十九日，住一日。觅句看书，竟日无俗扰。两日天气甚暖，从人皆换夹衣，离山渐远故也。

二十日，辰初起程。天气晴暖，路平，土大。回庄鳞次，眼

① 语见《西域水道记》卷二。

②《钦定西域同文志》载：“札木，蒙古语，道路之谓。地当孔道，故名。”在今新疆温宿县佳木镇札木台。《新疆识略》卷三载：“札木台，西至阿克苏底台八十里，东至哈拉玉尔滚台八十里。”

界一新。署办事大臣锡公拉那[①]率文武官出郭接。〔五十六〕午正二刻，至阿克苏（八十里）。将近城，下峻坂，城在其麓，如居釜底。经回城，人烟稠密，百货坌集，把杂尔喧阗尤甚[②]（把杂尔，如北方之集、南方之墟。回俗，以七日为一把杂尔）。进汉城北门，颜曰迎恩[③]，借住办事大臣署，从此扃门鞫案，直至十二月初始毕。

《冰岭纪程》终。

校勘记

〔一〕数万里："甘图刻本"作"三万里"。

〔二〕"甘图刻本"此处有"屡掌文衡"一句。

〔三〕原文无"自序"标题，此处为整理者添加。

〔四〕十二日："国图稿本"原作"十三日"，后改作"十二日"。

〔五〕八日："国图稿本"原作"六日"，后改作"八日"。

① 据《咸丰同治两朝上谕档》《清穆宗实录》，锡拉那曾署理阿克苏办事大臣，具体时间不详。其署任时间大体在咸丰十一年（1861）前任大臣绵性议处、革职之后，新任大臣奎栋抵任之前。

② 和宁《回疆通志》卷九载，阿克苏"八杂儿街长五里，为南路各回城四达之区"。

③ 道光十九年（1839）阿克苏筑汉城，咸丰十年（1860）重修。其四门为"耀武""迎恩""镇西""平西"。"颜曰迎恩"，"国图稿本"原作"曰迎恩门"，后改作此。

〔六〕二月既望："国图稿本"原作"九月望后二日"，后改为此。

〔七〕留有余室："国图稿本""国图抄本""哈佛稿本""甘图刻本"皆作"退思堂"。

〔八〕常子澄将军率文武官饯于郊外："国图稿本""国图抄本"均作"文武官员均未郊送，以国丧成服，辞却也"。"哈佛稿本"原作"文武官员均未郊送，以国丧成服，辞却也"，后改作"文武官饯于郊外"。"甘图刻本"作"文武官饯于郊外"。

〔九〕地窝堡："国图稿本"原作"地窝铺"，后改作"地窝堡"。

〔十〕"国图稿本""国图抄本"均无"伯克"二字。"哈佛稿本"原无"伯克"二字，后添加。

〔十一〕园大不数亩："国图稿本""国图抄本"均作"园不甚大"。"哈佛稿本"原作"园不甚大"，后改为"园大不数亩"。

〔十二〕鸦玛图："国图稿本""国图抄本""哈佛稿本"皆作"雅玛图"。

〔十三〕本句之后，"国图稿本""国图抄本""哈佛稿本""甘图刻本"皆有"惜草木黄落，若春夏之交，当更有可观者"一句。

〔十四〕形如虾蟆伏而欲跃："国图稿本""国图抄本"作"形如虾蟆伏而欲跃之状"，"哈佛稿本"删"之状"二字。

〔十五〕凿空："国图稿本""国图抄本""哈佛稿本""甘图刻本"皆作"中凿空"。

〔十六〕略似船形："国图抄本"作"略以船形"。

〔十七〕清风徐来："国图稿本""国图抄本"作"微风徐来"。

〔十八〕特克斯水："国图稿本""国图抄本""哈佛稿本"均作"特克斯河"。

〔十九〕那拉特岭："国图稿本""国图抄本""哈佛稿本"皆作"纳拉特岭"。

〔二十〕右依峭壁，左俯深溪："国图稿本"原作"左俯深涧，右傍悬厓"，后改为此。

〔二十一〕"国图稿本""国图抄本"皆作《水道记》，"哈佛稿本"改为《西域水道记》。下句见其卷四。

〔二十二〕竟夕瑟缩："国图稿本"原作"竟夜瑟索"，后改"夜"为"夕"。"国图抄本"作"竟夕瑟索"，"哈佛稿本"再改"索"为"缩"。

〔二十三〕后奏明禁止来往官员供应："国图稿本""国图抄本""哈佛稿本""甘图刻本"均无此句。

〔二十四〕关帝庙："国图稿本""国图抄本""哈佛稿本"皆作"圣帝庙"。

〔二十五〕本句后，"国图稿本""国图抄本""哈佛稿本""甘图刻本"均有"河滩中碎石满布"。

〔二十六〕晴朗："国图稿本"初作"晴爽"，后改"爽"为"朗"；"国图抄本"作"清朗"。

〔二十七〕非安西州也："国图稿本""国图抄本""哈佛稿本""甘图刻本"均无此句。

〔二十八〕"国图抄本"无"故曰雪"三字。

〔二十九〕此句前，“国图稿本”删去“四十里”。

〔三十〕隤，“国图稿本”“国图抄本”作“颓”。

〔三十一〕马尾：“国图稿本”原作“人发”，后改为“马尾”。

〔三十二〕晴和：“国图稿本”“国图抄本”“哈佛稿本”皆作“清和”。

〔三十三〕“国图稿本”“国图抄本”皆作《水道记》。下句引文见《西域水道记》卷二。

〔三十四〕凌：“国图稿本”“国图抄本”“甘图刻本”作“淩”。冰者，淩也。淩山，亦即冰岭。

〔三十五〕陵：“哈佛稿本”作“淩”。

〔三十六〕立：“国图稿本”“国图抄本”“哈佛稿本”“甘图刻本”皆作“目”。

〔三十七〕砂：“国图稿本”“国图抄本”“哈佛稿本”均作“沙”。

〔三十八〕回子：“国图稿本”原作“土人”，后改“回子”。

〔三十九〕今无考，“国图稿本”“国图抄本”“哈佛稿本”“甘图刻本”皆作“今不可考矣”。

〔四十〕洪涛喷薄：“涛”，“国图稿本”“国图抄本”“哈佛稿本”均作“流”。“国图稿本”于此句后原增“声震山谷”，后又删去。

〔四十一〕色若米汁：“国图稿本”“国图抄本”均作“色如米汁”。

〔四十二〕本句后，“国图稿本”原有“其下洪涛巨浪，声震山谷”，后删去。

〔四十三〕本句前，“国图稿本”“国图抄本”有“《水道记》云”，“哈佛稿本”“甘图刻本”有“《西域水道记》云”。“峻削极天”，“国图稿本”“国图抄本”“哈佛稿本”“甘图刻本”无此句，均作“不通径路”。

〔四十四〕关帝庙：“国图稿本”“国图抄本”“哈佛稿本”均作“圣帝庙”。

〔四十五〕董作模：“国图稿本”“国图抄本”作“董公作模”。董作模，字梓亭，山东邹县人，道光三年（1823）进士。道光十四年（1834），董作模于吏部郎中任上缘事革职，被发往新疆，效力赎罪。

〔四十六〕“国图稿本”“国图抄本”未录洪亮吉之《冰山赞》；二者均于本句后另段云：“戈什哈鄂尔什虎等送至此，次日旋署后，闻在冰岭遇风雪迷路，天复奇寒，手脸皴裂，行一昼夜，始得出山。则予之两次度岭皆风日清朗，未必非天幸也。”

〔四十七〕本句，“哈佛稿本”“甘图刻本”作“因忆《国朝文录》载洪亮吉《冰山赞》云”。

〔四十八〕此句后，“国图稿本”原有“两山对峙，一迳回环”，后删。

〔四十九〕仅：“国图稿本”“国图抄本”“哈佛稿本”均作“劣”。

〔五十〕远：“哈佛稿本”作“衍”。

〔五十一〕该句前，“国图稿本”删“乘马轿行”。

〔五十二〕“国图稿本”“国图抄本”作《水道记》。

〔五十三〕札：“国图稿本”“国图抄本”“哈佛稿本”作“杂”。

〔五十四〕本句后，“国图稿本”原有“考据明确，斯为不讹”，后删。

〔五十五〕“国图稿本”“国图抄本”“哈佛稿本”“甘图刻本”均作“间有碎石路”。

〔五十六〕本句“甘图刻本”作“署办事大臣锡公率文武官出郭接”。

度岭吟

途中无所事事，日唯与管城子①相周旋，归检行箧，得诗三十余首。〔一〕自鸣天籁，不择好音，手录以存，用志鸿爪。秋坪漫题〔二〕。

起程一首

画角声中木叶凋，霜华点点拂弓刀。

寒生大漠征人健，草浅平原塞马调。

边计几番廑圣虑（屡奉寄谕，饬令认真查办阿克苏事件），虏锋连日挫天骄（奉命办理阿克苏防堵事宜，近接喀什噶尔咨报，知连获胜仗，夷匪远飏）。

年来行役寻常事，露宿风餐兴转饶。

① 管城子：亦称“管城公”“管城君”“管城侯”。唐代韩愈作寓言《毛颖传》，称笔为管城子，后因以“管城子”为笔的别称。

惠宁城（即巴燕岱）

分领军符此建牙，城开百雉暮云遮。

金汤设险增形势，罴虎当关重辅车（城在伊犁惠远城东北七十里，设领队大臣一员，驻防满兵二千余名）。

榆塞昔曾严鼓角（旧为准噶尔游牧地，古战场也），花门[①]今尚业桑麻（乾隆中，由南路陆续调拨回子八千户，开垦闲田，地在巴燕岱附近）。

征骖已过重回首，烟树无边映落霞。

读御制平定准噶尔勒铭伊犁前后碑恭纪

帝世开昌运，征师讨不庭。

庙谟资发纵，天意扫膻腥。

骏绩昭千祀，鸿文护百灵。

安边非黩武，珍重勒碑铭。

---

① 花门：即花门山，在居延海北三百里。唐初在花门山上设立堡垒，以抵御北方外族。天宝时，花门山为回纥占领。后因以“花门”为回纥的代称。因回纥是维吾尔族的主要族源，故此以“花门”称呼维吾尔族。

发察布察尔晚次索果尔台

振辔大河南，满目荒凉景。
野迴戍烟沉，木落空山冷。
睡魔驱复来，诗情匿弗逞。
闻说来日程，水石辟佳境。
惊喜不成眠，翻疑更漏永[1]。
起视夜何其，银汉影耿耿。

博尔道中

秋色澄鲜正午晴，无边林壑画难成。
缓行不为山程险，领略松声与水声。

博尔台旅夜〔三〕

卓帐近危岑，遥空暮霭沉。
星光临水大，人语入烟深。
抚剑增诗胆，鸣笳动客心。
呼僮频进酒，好为涤烦襟。

---

① 更漏永：古代用滴漏计时，夜间凭漏刻传更，故名“更漏”。更漏永，形容漫漫长夜难熬。

虾蟆石

南山有奇石，磻砢悬厓前。
幻形一何肖，造物工雕镌。
不鸣亦不跃，伏处千百年。
羡彼冥顽物，终古全其天。

霍诺海道中

行尽崎岖路，平原豁两眸。
风高初送雁，山远不宜秋。
衰草连天合，寒溪贴地流。
胡儿饶乐趣，马上试歌喉。

早发沙图阿满过天桥遇雪

大风起兮草木摧，冻云压岭岭欲隤。
须臾雪花大如手，玉龙鳞甲堆尘埃。
平明策马入山径，邃谷穷岩助晦暝。
飞鸟不下兽无声，唯有松涛动清听。
忽惊峻坂势干霄，从人告予为天桥。
一线樵踪盘马足，千层石蹬接虹腰。

右傍危厓左深壑，下有奔流肆喷薄。
路穷架木亘飞梁，复道行空声橐橐。
桥上乱石累如棋，桥边冻雪滑如脂。
况复天公恣玉戏，寒气凛冽砭人肌。
或登或降艰险备，登若引绳降若坠。
虽有骏足不敢驰，鱼贯而前徐按辔。
行行且止驻双旌，穷〔四〕庐兀坐如蓬瀛。
开帘起视风雪止，一钩新月东山明。

途中遇重九竟日大雪

征途日日趣轻装①，帽影鞭丝为底忙。
万里关山成久客，一天风雪过重阳。
怕教飞絮黏〔五〕蓬鬓，聊挹清泉当菊觞。
我欲登高发长啸，莫将离恨动他乡。

晚至噶克察哈尔海台

岭路何嵚巇②，驰驱马力疲。
松阴随径转，人影共云移。

---

① 趣轻装：即“促轻装”，急忙整理轻便的行装。

② 嵚巇：形容山既高且险。

山水有奇态，寒暄无定时。
停骖浑未倦，挑烛赋新诗。

石佛歌

昔闻石佛名，声灵赫濯心为倾。
今睹石佛像，渐渐三尺蒙尘块[①]。
雕锼[②]未许烦人功，庄严色相一洗空。
与世无争物无竞，不具佛形具佛性。
冥顽〔六〕忽化为神奇，迷津暗渡拯阽危[③]。
遂使莲界诸天齐避席，独洁香花供灵石。
此旨未悟空谈禅，宛转索解心怃然。
君不见，晋国之石作人语，有物凭之得倾吐。[④]
又不见，生公说法石点头，精诚感召不自由。[⑤]
理之所无事或有，今古同情若符剖。

---

① 尘块：即尘埃。

② 雕锼：刻镂。

③ 阽危：危险。“阽”，近边欲坠，故谓危险为“阽危”。

④《左传·昭公八年》载：“八年春，石言于晋魏榆。晋侯问于师旷曰：‘石何故言？’对曰：‘石不能言，或冯焉。不然，民听滥也。抑臣又闻之曰：作事不时，怨讟动于民，则有非言之物而言。今宫室崇侈，民力雕尽，怨讟并作，莫保其性。石言，不亦宜乎？’”

⑤ 张岱《夜航船》卷一四载：“梁有异僧玉生者，又名竺道生，人称曰生公。讲经于虎丘寺，人无信者。乃聚石为徒，坐而说法，石皆点头。”

不然邮程千里路迢迢，恒河沙数石嶕峣[1]。

胡为乎？辱在泥涂甘寂灭，形质无殊灵蠢别。

冰搭坂行

吁嗟乎！

天限[2]南北重防闲[3]，积雪成海冰成山。

何年巨灵运仙掌，擘开一径容跻攀。

冈峦匼帀[4]矗晶玉，灼耀精光映朝旭。

或如拄笏或覆盂，或如怒猊或翔鹄。

或如断壁重欲颓，或如平林密相属。

寒暑异致晴雨殊，变态奇形看不足。

白骨成堆鬼昼号，阴云惨淡拂征袍。

滕六[5]施威巽二[6]猛，茫茫何处神鹰翱。

胜地初临资阅历，不禁心摇更齿击。

雪泥滑汰石崚嶒[7]，小径依稀觅复觅。

---

① 嶕峣：高耸貌。

② 天限：上天阻隔，天然分隔。有天然的界限之意。

③ 防闲："防"，即堤，用于制水；闲，即圈栏，用于制兽。引申为防备和禁阻。

④ 匼帀："帀"，同"匝"。"匼匝"，周匝、环绕。

⑤ 滕六：神话中的雪神名。

⑥ 巽二：古代传说中的风神。

⑦ 崚嶒：高峻突兀貌。

有时宛转升崖颠，二分垂外足难旋。

有时盘纡入涧底，四围镜壁寒生烟。

有时欲进不得进，坚冰忽坼成深渊。

俯视幽窅不可测，下有水声鸣溅溅。

跬步迍邅[①]数十里，多少行人叹观止。

岂知奇景出无穷，冰梯百尺〔七〕连云起。

凌山四合迷西东，参差蹬道排长空。

挥手直可取明月，振衣不觉凌天风。

舍骑而徒下峻坂，曲折浑疑去复返。

危梁巀嶪[②]足逡巡，虽藉氍毹[③]步未稳。

我马既瘏[④]我仆痡[⑤]，岭南岭北同崎岖。

跋涉未已夜将半，梦魂惴惴如惊乌。

吁嗟乎！

行路之难至此极，手捧简书不敢息。

试问前贤几辈度节麾（阿文成公、松文清公、玉砚农将军皆曾往还此岭[⑥]），比驭高风千载犹相忆。

---

① 迍邅：亦作“屯邅”。难行貌。

② 巀嶪：山势高峻之貌。

③ 氍毹：毛毡。

④ 瘏：马过于疲劳而不能前进。

⑤ 仆痡：意谓因过度疲劳而趔趄欲倒。

⑥ 伊犁将军阿桂、松筠、玉麟均曾翻越冰岭。阿桂谥文成，松筠谥文清，玉麟号砚农（《词林辑略》《八旗文经·作者考》之玉麟传均作“研农”）。

度冰岭感赋

伊江距普安（阿克苏赐名普安城），遥遥五千里。
遵彼大路行，坦荡平如砥（由吐鲁番行走为大路，路甚平）。
东南有邮程，经旬可戾止[①]。
远迩何悬殊，相去真倍蓰[②]。
岂知数日中，艰险乃若此。
行旅虽云通，虎尾时时履。
捷径不可由，呼吸关生死。
古今躁进人，曾否悟斯旨？

渡穆素尔河

穆素峰边朔气寒（河在穆素尔岭下，故名），凌晨策马向河干。
建瓴直下涛翻雪，出峡奔流石转丸。
几度回头寻彼岸（渡口无定处），何人支手挽狂澜。
客程共说风波险，作楫无能梦未安（河无渡船）。

玉搭坂

山泽菁英千载焕，金气辉煌珠灿烂。

---

① 戾止：同“莅止”。来临，抵达。

② 倍蓰：数倍之意。

岭以玉名讵等闲，好作昆冈一例看。
我来不见山生辉，白石巉巉[①]落崖半。
谁将虚誉玉汝成，瓦砾琼瑶少区判。
从来觌面[②]胜闻名，名士美人共颜汗。
试问山灵若有知，或不予言为河汉。

自胡素图托海至土巴拉克

群峭束天光，亭午[③]曦轮坠。
乱石塞山谷，终古不知地。
幽境疑鬼神，奇险一时备。
造物欲骇人，画笔任恣肆。
俯仰叹蹐局[④]，浮生真如寄。

行至土巴拉克奉叶尔羌查办事件之命〔八〕

喜事从来偾事[⑤]多，狂澜未挽复扬波。

---

① 巉巉：山石高峻的样子。
② 觌面：见面。
③ 亭午：亦作“停午”，正午，中午。
④ 蹐局：亦作“局蹐”，畏缩不安。
⑤ 偾事：败事。

坑降白起真羊很，变法荆公肆虎苛。〔九〕

使节敢辞驰驿路，纶音①又见下銮坡。

自知听断非长技，惭愧枫宸②假斧柯。

土巴拉克道中

连朝探异景，今又策征骈。

水与人争路，山留雪作衣。

拨云寻蹬道（过天桥），揽辔怯寒威。

愧少荆关③笔，吟毫试一挥。

阿尔巴特台

面面危峰锁，邮亭绝点埃。

路从深树入，门对大河开。

偶驻征途节，频传驿使梅④（地为北沟首台，文报络绎）。

---

① 纶音：皇帝的诏令。

② 枫宸：指朝廷。汉宫殿多植枫，故称为“枫宸”。

③ 荆关：五代画家荆浩、关仝师徒以擅画山水闻名，并称“荆关”。

④《太平御览》卷九七〇载：“《荆州记》曰：陆凯与范晔相善，自江南寄梅花一枝诣长安与晔，并赠花诗。曰：‘折花逢驿使，寄与陇头人。江南无所有，聊赠一枝春。’”后世常以“驿使梅”形容对亲友的问候及思念。

军行歌《采芑》[1]，士气不曾隤（予沿途谢绝供给，与随行官弁日唯蔬食）。

札木道中

驰逐平原骥足催，云山回首重低徊。
襟怀近日清如许，曾向冰壶濯魄来。

登普安炮台

听遍寒鸡唱，苍茫曙色开。
偶然乘逸兴，一上最高台。
地迥双眸豁，秋深百感催。
中原烽火急，谁是勒铭才？

中途杂咏

穹　庐

（颜师古曰："穹庐，旃帐也，其形穹隆，故曰穹庐。"即今之

①《采芑》:《诗经·小雅》第二十四篇。全诗四章，每章十二句，是记叙周宣王派方叔率军征伐楚国的记功诗。

蒙古包）

旃帷环绕木高撑，行馆真能着手成。
短榻孤檠[1]眠未稳，终宵卧听马蹄声。

威 呼

居然刳木可为舟，小艇浑如一叶浮。
行到中流回首望，四围波浪拍轻鸥。

蒙古妇人

羔裘皮弁[2]试新妆，发辫双垂七宝装[3]。
不作寻常闺阁态，山边闲坐牧牛羊。

茶 尖

行来中路日将斜，小憩荒郊兴转赊[4]。

---

① 孤檠：孤灯。
② 皮弁：皮帽。
③ 七宝装：瑰丽装束之谓。
④ 赊：情绪殷切、高涨。

木碗铜瓶携取便，自烧野草煮湖茶①。

军 台

（冰岭北台兵皆住蒙古包，冬夏无定处）

居停未卜费疑猜，地僻难逢客往来。

流水一湾峰四面，炊烟起处是军台。

搭坂奇回子〔十〕

茫茫冰雪皓无垠，厓转峰回路不真〔十一〕。

莫向歧途重惆怅，缠头（回子曰“缠头”）随处指迷津。

搭坂马

（回子〔十二〕应差之马率皆驽钝，然往来冰岭，路甚熟，步甚健，过岭者多资其力）

冰梯雪窖一鞭开，健步驰驱数往回。

① 湖茶：又称副茶、茯茶等，因产于湖南、湖北，故名。湖茶色味浓厚，宜于制作奶茶，价格便宜，深受西北地区少数民族欢迎。

错节盘根知利器，漫将骏骨傲驽骀[①]。

玛札尔

乱石成堆马鬣悬，征人稽首意尤虔。
效颦我亦衣冠拜，好把高风学米颠[②]。

老龙背

百尺坚冰削不成，危崖俯见大河横。
如何欲避波涛险，翻向骊龙[③]背上行。

冰 盐〔十三〕

赤沙山半石崚嶒，蕴出精盐似镜澄。
不独和羹推此品，头衔又署一条冰。

---

① 驽骀：驽、骀都是能力低下的马，比喻才能平庸。
② 米颠：北宋书画家米芾的别号。
③ 骊龙：黑龙。

回 房〔十四〕

（近阿克苏，回庄〔十五〕渐多）

新泥垩壁[①]柳编篷，门小梁低曲室通。

最好燔柴乌恰克，一时人尽坐春风（穴墙为灶，上通烟突，置红柳木或梭梭柴于中然之，顷刻一室皆暖。回语曰“乌恰克”）。

把杂尔〔十六〕

珍奇罗列耀双眸，把杂喧阗[②]夕未收。

西域贾胡多嗜利，轻抛乡国觅蝇头（遇把杂尔日，商贾云集，百货毕具。大约缠头十居八九，外国如浩罕、巴达克山、克什米尔、布噶尔、印度、安集延等处贸易者尤多。殊形怪状，指不胜屈。南路各城皆然）。

《度岭吟》终。

---

① 垩壁：粉刷墙壁。

② 喧阗：声大而杂；喧闹拥挤。

跋〔十七〕

士不历难险，无以壮奇气而励奇节。王尊历九折坂而不惧，孔公涉南海而不惊。[①]非乘危也，亦动心忍性之遗意也。当夫未度冰岭时，或〔十八〕难之，星使岂谓人言诳我哉？而顾笑谢之者，盖磅礴之气，贞固之节，非区区境地之夷险所能动其中耳。方今国家隆戡定之勋，星使慷慨激昂，辉耀辅弼，操其气节，以膺艰巨而定危疑，必有随所投之、罔不如志者。经盘错而器愈良，为问天下更有何境，足以夺其气而挠其节哉！吾乃有以知星使矣。至其篇中摹状山谷，广异闻也；搜讨地志，探奥境也；稽考〔十九〕国事，示同轨也；沐浴歌咏，发天籁也。此其绪余，姑勿论，论其大者。

同治丁卯七月朔日，湘乡蒋凝学跋于兰州官廨。[②]

---

① 《太平御览》卷五二九载："孔戣为广州刺史。先是，准诏祷雨南海神，多令从事代。戣必自越风波而往。而韩愈为潮州刺史，作诗美之。"韩愈《南海神庙碑》载，孔戣一反广州刺史"委事于其副"的惯例，决定亲自祭祀："明日，吏以风雨白，不听。于是州府文武吏士，凡百数，交谒更谏，皆揖而退。公遂升舟，风雨少弛，棹夫奏功，云阴解驳，日光穿漏，波伏不兴。"（见韩愈：《韩昌黎集》第6册，商务印书馆，1930年，第67页）此处借王尊、孔戣克服艰难、忠于职守之典，赞誉景廉不畏艰险、勤于王事的精神。

② 同治丁卯（同治六年，1867），蒋凝学署兰州道。

校勘记

〔一〕本句在“国图稿本”原作“由伊犁至阿克苏，计行程十八日，共得诗三十首”，后改为“途中无所事事，日唯与管城子相周旋，归检行箧，得诗三十四首”。后加入的四首，应即“国图稿本”未录的《搭坂奇回子》《冰盐》《回房》《把杂尔》。

〔二〕漫题：“国图稿本”原作“又识”，后改作“漫又题”。“国图抄本”亦作“漫又题”。

〔三〕“国图稿本”“国图抄本”“哈佛稿本”“甘图刻本”题作《旅夜（博尔台）》，在《虾蟆石》之后。

〔四〕穷：“国图稿本”“国图抄本”“哈佛稿本”均作“穹”。

〔五〕黏：“国图稿本”“国图抄本”“哈佛稿本”均作“沾”。

〔六〕冥顽：“国图稿本”作“顽冥”。

〔七〕尺：“国图稿本”“国图抄本”作“仞”。

〔八〕“国图抄本”“哈佛稿本”题作《行至土巴拉克复奉叶尔羌查办事件之命》。“国图稿本”初题作《行至土巴拉克军台复奉叶尔羌查办事件之命》，后删掉“军台”二字。

〔九〕“国图稿本”“国图抄本”“哈佛稿本”“甘图刻本”均在前句后注“指叶尔羌”，在后句后注“指阿克苏”。王安石曾封荆国公，世称“荆公”。

〔十〕“国图稿本”未录本诗。

〔十一〕真："国图抄本"作"空"。

〔十二〕回子："国图稿本""国图抄本"作"回民"。

〔十三〕"国图稿本"未录本诗。

〔十四〕"国图稿本"未录本诗。

〔十五〕庄："哈佛稿本"作"房"。

〔十六〕"国图稿本"未录本诗。

〔十七〕原文无跋名，书口处具"跋"字，整理者据此添加。"国图稿本""国图抄本""哈佛稿本"均无此跋。"甘图刻本"在蒋凝学跋文之前，有宫保跋："历境奇，造语隽，使后来者睹斯纪燎〔了〕如指掌。卒读一过，恍疑身在水晶域中。诚绘水绘声妙手也。同治六年丁卯夏六月隽峰崇保识于兰垣臬署友竹轩。"

〔十八〕或，"甘图刻本"作"士"。

〔十九〕稽考，"甘图刻本"作"考载"。

行程日记

《行程日记》简述

《行程日记》是景廉自同治三年（1864）正月初一起至八月二十日止，由叶尔羌至归化城的行程记录。《行程日记》现有稿本一卷，藏于中国国家图书馆。[①]本次整理，以此稿本为底本。另有该稿本的影印本，收录于《历代日记丛钞》《中国西北文献丛书》等。[②]

《行程日记》稿本共有40叶，半叶7行，每行20余字，共计1.1万余字。字体以行草为主，书写遒劲而又不失灵动，读来赏心悦目。前文整理之《冰岭纪程》，是景廉几经修订稿本，最终印成的刻本；版本的流变，展示了景廉在世易时移中想法的转折、文字的斟酌[③]。较诸《冰岭纪程》隽秀的小楷、整洁的篇幅，《行程日

① 索书号：地800/889。此版本的国图数据资源，参见 http://read.nlc.cn/allSearch/searchDetail?searchType=1002&showType=1&indexName=data_403&fid=312001069552。

② 李德龙、俞冰主编：《历代日记丛钞》第65册，学苑出版社，2006年，第205—282页；高国祥主编，甘肃省古籍文献整理编译中心编：《中国西北文献丛书·三编·第一辑·西北史地文献》第26卷，朝华出版社，2020年，第305—384页。

③ 如稿本作“文武官员均未郊送，以国丧成服，辞却也”，刻本作“常子澄将军率文武官饯于郊外”。

记》笔锋相接的行草、页面中的涂抹增删，让人仿佛看到刚安顿好住宿的景廉在行馆穹庐中挑灯疾书时的疲惫身影。《行程日记》稿本摆在我们面前时，观其书法、察其言辞，足让读者感受一份真实的“行程日记”。

自叶尔羌至归化城，行程万里，经春至秋，景廉行经新疆、蒙古，走过戈壁、绿洲、高山、草原，每日与满、汉、维吾尔、回、蒙古等各民族人民相处，记录这些内容的《行程日记》就如一幅生动画卷。

《行程日记》于后人而言，最核心的价值是提供了一份一个半世纪前在亚洲腹心地区长达万里的行程记录。自同治三年（1864）正月初四日出发，至八月十一日抵达归化城，景廉总计行走129天（包括停歇，共计214天），里程约10150里，平均每天行走接近80里。每日记录的里程与实际路程相比，或“里大”“里小”，即受地理环境的影响实际路程会多于或少于官府描述的里数。走得最多的一天，行程180里（自河色尔台至库车）；走得最少的一天，只前进了4里（自开都河南台至喀喇沙尔城）。

景廉在新疆均是依台站的路线行进，行走快捷，食宿无忧。进入蒙古地区后，虽有大道，已非坦途，途中生活物资的补给尤为困难，因而水、草、柴、菜、羊、鸡等生活必需品就成了景廉每日关注的重点。景廉作为二品大员、封疆大吏，自身高官厚禄，同僚馈赠亦多，一路自然衣食无忧，但旅途的艰辛与危险却摆脱不了。景廉的行程历经春夏秋三季，严寒酷暑、狂风暴雨、风餐露宿都是家常便饭。在当时颠簸的道路上，一路险情不断：限于当时的路况，三月初三日于噶逊城“大妞车覆”，七月二十二日在喇叭湖有人落马，八月初四日在哈达莫尔沟“十儿车惊，幸未伤人”。

比起自然条件，更让景廉胆颤心惊的，是沿途的盗贼与清政府统治的风雨飘摇。七月初五日，景廉于铺盖提“将近住站，遇贼达子四人，骑马偷劫橐驼。幸人手众多，即时赶散，行李未失”。八月初十日将近归化城时，“两夜多窃贼，竟夜防范”。就在景廉一路向东之际，西北回民起义如火如荼，新疆的反清斗争渐成燎原之势。五月十二日，景廉于古城“闻库车有回匪滋事、占据军台围城之信”，他作为总理回疆参赞大臣，平定南疆动乱是其职责所在。六月二十二日，他在苏浑图“得奇台、木垒河聚众滋事之信”，他正是在与奇台毗邻的古城得知库车动乱的消息。景廉的日记未对这场动乱予以任何评价，也没有丝毫情感的流露，仿佛心如止水，但动乱蔓延之快，足让这位边臣震惊。景廉对于西北的反清斗争保持高度关注，蒙古官兵前往甘州、凉州、肃州防剿，包头“不甚安静”[①]，乌鲁木齐、奇台失守，这些消息都曾牵动他的思绪。景廉正是在山河动荡的紧张气氛中抵达归化，并从这里走向镇压动乱的前线。

日记还提供了许多其他重要的行程信息。景廉的行程日记逐日详细描述了行进的路线、里程，是研究清代西北交通史的重要史料。景廉在新疆东进时昼行夜宿，进入蒙古地区后恰巧相反，不同地理条件下交通状况完全不同，亦为有趣。如将《行程日记》与倭仁《莎车行记》、李德贻《北草地旅行记》、邓缵先《叶迪纪

① 见景廉：《行程日记》，七月十六日日记。

程》对照阅读，许多与西北交通史相关的问题就能迎刃而解。

《冰岭纪程》《行程日记》记录了两条具有重要战略价值的交通要道，对于丰富我们的西北史地知识，深入了解景廉，进一步认识历史文献的价值有着重要意义。咸丰十一年（1861）景廉奉旨赴南疆查办案件时，曾高调地宣布："予沿途谢绝供给，与随行官弁日唯蔬食。"[1]后来，他也担任了叶尔羌参赞大臣，离任回京途经库车时，日日均食全羊。读景廉公开发表的著述、私密的日记，足可增强读者判断不同史料价值的能力。

总之，《行程日记》记录了自叶尔羌至归化城万里行程中的天气状况、地理风貌、道路里程、官场往来、风土人情等，多角度展现了同治初年新疆、蒙古地方的社会风貌，对研究西北历史、民族、民俗等领域具有重要的史料价值。读《行程日记》，既可知人，且可论世。

① 出自景廉《度岭吟》之《阿尔巴特台》一诗。

行程日记

同治三年甲子正月起八月止，自叶尔羌由草地至归化城[①]。

同治三年，岁次上元甲子。

新正月初一日。竟日阴，未刻微晴，夜晴。佛祖祠堂行礼。差人至各处道喜。

① 本句原作“自叶尔羌由草地进京，至归化城”，后删去“进京”二字。同治三年（1864）十月，清政府以景廉“擅自起程……借病推诿、径行离任”等因，予以革职，发往都兴阿军营，听候差委（参见《清穆宗实录》卷一一九）。实则并未抵京。叶尔羌：地名，即今莎车。同治三年时，景廉于该地任“总理各回疆事务参赞大臣”（或称“总理回疆事务参赞大臣”，简称“回疆参赞大臣”）。当时叶尔羌为其驻地，故习称“叶尔羌参赞大臣”。归化城，旧城名，即今呼和浩特市。

奎参赞[①]、托帮办[②]差人来。

文武官员等来，未见。

夜左右胁刺痛，竟夜未能安枕。[③]

初二日。午刻，杜参将来见。

托大人来谈弥久，送礼，外程仪[④]三百两。

哲章京送程仪二百两。

晚与哲章京谈。

---

① 奎参赞：即觉罗奎栋，满洲镶黄旗人。同治二年（1863）十一月，常清向清廷详细奏报了景廉的病情，并提出详细的人事调整设想：将奉旨回京的阿克苏办事大臣奎栋派往叶尔羌署理参赞大臣；巴彦岱营协领富珠哩暂署阿克苏办事大臣。（见常清：《奏报叶尔羌参赞大臣景廉因病开缺》，同治二年十一月十五日，台北故宫博物院藏：《军机处档折件》，档号：故机095420。）景廉离任前，奎栋已到叶尔羌署任，故景廉称其为"奎参赞"。同治三年（1864）正月初四日，景廉未待批准即离任回旗就医，正是由奎栋具奏。

② 托帮办：即托克托布。景廉任叶尔羌参赞大臣时，托克托布由英吉沙尔领队大臣署理叶尔羌帮办大臣。景廉离任后，同治三年五月二十一日，清廷即命托克托布回英吉沙尔领队大臣本任。

③ 景廉本次进京、回旗，主要是为了治病。他在给伊犁将军常清的咨文中详述了自己的病情："左臂左腿曾受湿寒，数年以来时发时愈，尚不甚重。本年入春后陡发旧疾，酸痛异常，继以麻木，迩来转动维艰，渐成偏枯之势。加以痛久气虚，触动肝气，以致左胁刺痛，心跳目昏，竟夜不寐。延医调治服药，毫不见效。医云病势已深，难求速效，兼之不服水土，日见沉重，呻吟床榻，实难支持。"（见常清：《奏报叶尔羌参赞大臣景廉因病开缺》，同治二年十一月十五日，台北故宫博物院藏：《军机处档折件》，档号：故机095420。）

④ 程仪：亦称"程敬"，旧时赠送旅行者的财礼。

初三日。面交长章京奉到廷寄十件、军机咨文一件、封奏二件、片一件（绰坦案[①]一件，伊犁奉到廷寄覆奏折一件，随带委员片一件）。

前任英参赞[②]奏折一件、廷寄一件。

奎、托两处少君来。

英城文少君[③]来送赆仪[④]，却之。送马二匹、点心，收受。

和阗庆大人[⑤]送赆仪百金，却之。托寄银两，因大车业已装，无处安放，仍令该巡捕带回。

穆特恩送赆仪五十两，却之。

初四日。午初起程。托大人送至税厅，合城文武官、书办[⑥]

---

① 绰坦案：指清政府于咸丰九年至同治二年（1859—1863）围绕绰坦继承阿勒坦沙拉之哈萨克汗爵一事展开的系列调查。咸丰十年（1860），伊犁参赞大臣景廉在代办伊犁将军期间奉旨审讯该案。同治二年（1863），景廉于叶尔羌参赞大臣任上仍在开展该事件的调查。

② 前任英参赞：指前任叶尔羌参赞大臣英蕴。咸丰九年十二月初八日，英蕴由叶尔羌帮办大臣升任参赞大臣。咸丰十一年（1861），英蕴因苛敛擅杀、违例演戏，由景廉奉旨查办。同治元年（1862）予以革职，并从重发往盛京效力赎罪。

③ 英城文少君：即署英吉沙尔领队大臣文艺之子。托克托布以英吉沙尔领队大臣署理叶尔羌帮办大臣期间，原乌什帮办大臣文艺署理英吉沙尔领队大臣。

④ 赆仪：送行的礼物。

⑤ 和阗庆大人：指署和阗办事大臣庆英。

⑥ 书办：衙门里掌管文书或簿记的官吏。

等送。奎少君、托少君送至廿里。高、长、赛、哲、杜、文少君、三音太、春昇送至头台。酉初，住头台[①]（八十）。晚与众大老爷谈。

印房备尖。

午后晴。

初五日。辰正起身。土阜绵亘，残雪未消。是日，众大老爷禀辞回城。牛、苟二巡捕回城。阿奇木送至此。申初二刻，宿二台[②]（九十里，实约一百二十里）。中营备尖。竟日阴而冷。

初六日。辰正起身。树窝土路。未初，宿三台[③]（八十）。早令伊勒清阿、王正元回城。

晴暖，微风。

回务[④]备尖。

初七日。辰正起身。树窝土路。未初二刻，宿四台[⑤]（九十里）。通事[⑥]阿布都拉回叶。

---

① 头台：或称一台，此处即指叶尔羌之爱吉特虎台，或作“爱济特呼台”。景廉所记各台距离，与《新疆识略》等史著略有差异。

② 二台：即赖里克台，或作赖里特。

③ 三台：即迈那特台，或作迈里那特、迈纳特。

④ 回务：即叶尔羌参赞大臣管辖之回务处。

⑤ 四台：即阿朗格尔台。

⑥ 通事：翻译。

竟日阴，有风而冷。

回务备尖。

夜大雪。

初八日。辰正起身。树窝路。竟日大雪。未初，宿五台[①]（七十）。粮饷[②]备尖。

初九日。辰正起身。沙窝路。竟日大雪。未正，宿六台[③]（九十）。巴尔楚克粮员乌勒锡苏来接，并备菜二桌。

初十日。辰初三刻起身。大雪，路多泥淖。巴尔楚克游击马振威、守备常志出郊接。午正二刻，宿巴尔楚克粮员署[④]（六十里，约八十里）。

乌粮员备尖。

马游击等送菜。

赏巴尔楚克兵丁银一百两。

晚晴，夜仍雪。

分送马游击等鼻烟、火镰等。

---

① 五台：即阿克萨克玛喇尔台，或作阿克沙克台。

② 粮饷：指叶尔羌参赞大臣管辖之粮饷同知。

③ 六台：即皮产里克台，又作辟展里克。

④ 巴尔楚克：即今巴楚。道光十二年（1832），在该处筑玛喇巴什城，设粮员、游击分治。《新疆图志》卷八四载："巴楚州即玛喇巴什厅旧治，旧为叶尔羌第七台。自此分道西行，由屈尔盖驿前进，亦赴喀什大道。"

十一日。辰正二刻起身。雪，午后晴。马游击、常守备、乌粮员等送。未初二刻，宿八台[①]（八十）。大车过桥落水。

土路，间有树窝。

连日大雪，约有尺许。

单得禄、吴发清回城，酌赏之。

晚晴，甚冷。

粮饷备尖。

十二日。辰初二刻起[身]。早微雪，午晴，奇冷异常。

土路雪深，尘埃不起。午正二刻，住九台[②]（七十里）。

粮饷备尖。

十三日。辰初三刻起身。早午微雪。午初二刻，住十台[③]（六十里）。土路草窝。

粮饷备尖。

早甚冷。

十四日。辰初二刻起身。甚冷。午初三刻，住十一台[④]

---

① 八台：即巴尔楚克台，后称察巴克台。

② 九台：即库库车尔台，或作库克辙尔，在图木舒克。

③ 十台：即衡阿喇克台，或作汗阿里克。

④ 十一台：即乌图斯克满台。

（五十里）。

粮饷备尖。

十五日。辰初三刻起身。午正，住十二台[①]（七十里）。

粮饷备尖。

十六日。辰正起身。未初，宿奇兰台[②]（八十里）。

阿克苏富大人[③]备尖。李巡捕率戈什哈来接。

阿克苏阿奇木萨依提来接。

十七日。卯初起身。腰台[④]早饭，阿城中营备尖。申初，住赛依里克台[⑤]（一百四十里，戈壁）。

印房备尖。

十八日。辰初二刻起身。午正，住浑巴什台（八十里）。是日冷。

---

① 十二台：即伊勒都台。以上十二台，皆归叶尔羌管辖。

② 奇兰台：即阿克苏所属之都齐特台。

③ 富大人：即署理阿克苏办事大臣富珠哩。

④ 倭仁《莎车行记》载，其于萨依里克行八十里至沙井子宿，自沙井子行八十里至齐兰台宿，即自萨依里克至齐兰台，合计一百六十里，与景廉里程相近。该处腰台，疑即沙井子。又，清末齐兰台驿与萨依里克驿之间，有乔里呼图驿。

⑤ 赛依里克台：或作洋阿里克台、英额阿里克台、萨伊里克台等。

阿城粮饷备尖。

十九日。卯正二刻起身。过浑巴什河（船渡）。未初，住阿克苏（八十里）。

富大人出城接。

文武官接至二十里园。

是日奇冷。

差人至富大人处。

廿、廿一日。住两日，收拾行李也。

廿二日。辰初二刻起身。富大人至公馆送，文武官送至二十里园。乌昆布送，并备茶尖。午初二刻，住扎木台（八十里）。路平。

早冷，大雪一阵，午后晴暖。

富大人备尖。

施、林、松、戈什哈回叶，赏之。

廿三日。辰初起身。巳正二刻，住哈拉裕尔滚（六十里）。

晴。

中营备尖。

廿四日。卯正二刻起身。数里后入山行，乱山起伏，不办

〔辨〕南北。七十里，腰台早尖。又七十里出山。申初一刻，宿查尔奇克台（百四十里）。

萨依提送至山口，拜城署阿奇木土米尔来接。

晴。遍山雪深尺余，寒气侵人。

廿五日。卯正二刻起身。路冻难行。午初，住鄂斯塘克齐克台（八十里）。阿城印房备尖。

廿六日。卯正三刻起身。过河数处，水深者有桥。午初二刻，宿拜城（四十里，约六十里）。

晴。

赛里木署阿奇木阿克毛拉来接。

阿城中营备尖。

外委毛天印、商民等送席，赏之。

廿七日。卯正三刻起身。早寒气甚重，行人须发皆白。午正二刻，住赛里木台（八十）。

自鄂斯塘至此，一路回庄络绎。亮噶[①]亦多。

阿城粮饷备尖。

库车印房、粮饷、中营差人接，并备尖。

---

① 亮噶：常作“亮噶尔”，村庄名，《钦定西域同文志》《西域图志》作“亮格尔”。

廿八日。辰初二刻起身。路平，残雪在地，远山尚白。巳正二刻，住河色尔台（四十里）。萨大人[1]令伊孙色布齐贤来接，并差人备尖。

库车阿奇木库尔班、沙雅尔阿奇木阿由普来接。

阿城粮饷备尖。

廿九日。卯初二刻起身。廿里后入山，坡坨渐多，车尚易行，偶有碎石路。下搭坂后，入盐池沟，为库车界。一百廿里，早尖。又卅里出山。未正二刻，宿库车（百八十里）。萨大人出城接，并来公馆谈。印房、粮饷章京接至腰站（额哲肯、讷尔亨额）。

午后甚暖。

晚与色布齐贤[2]谈。人甚明白，满汗〔汉〕皆通，锡伯中之杰出者。

二月初一日。住一日。萨大人来谈。额章京请奉格[3]吃晚饭。

与萨大人送礼：马二匹，占褂料一件，纱衣二□，玛瑙烟壶、带皮工翎管各　。

① 萨大人：即库车办事大臣萨凌阿。

② 色布齐贤：或作“色布希贤”“色普希贤”“色普西贤”等，后曾任伊犁锡伯营总管、锡伯营领队大臣，于任上大力发展教育事业，为伊犁近代教育事业的发展做出了贡献。

③ 奉格：下文或作“风格”。

初二日。住。额章京送羊皮甬四件，青克、舒伦马卜[①]甬各一，骡一头，马一匹。赏之。

送额章京青马一匹，对联一付，条扇一付，玉搬指、翎管各一。

送讷章京、王署都司对联各一付。

步行至萨大人处回拜。萨大人来谈。

午刻，写对联十余付。

薙发。

萨大人请凤格吃饭。

初三日。住。萨大人来公馆，请吃晚饭，谈时许。

初四日。辰初二刻起身。路平，有沟渠，回庄亦多。萨大人并文武官送至二十里堡。

李□得带领戈什哈回阿，赏之。

爱玛特、斯依提、托胡达回去，赏之。未初，住托和奈（六十里）。

色布齐贤送至此。

库车章京等预备全羊。

初五日。卯正一刻起身。上坡路，过河。七十里，腰站打尖。未正，住阿尔巴特台（一百四十里）。布古尔阿奇木牙火普来接。

① 舒伦：源于满语 silun，即舍利狲。马卜：即马褂。

库车章京等预备全羊。

暖。

初六日。卯正二刻起[身]。上坡路，平。有沟渠，过河。午正一刻五分，住布古尔台（百里）。

入喀喇沙尔境。喀尔沙拉依大人①差巡捕二名，戈什哈四名，委笔帖式、汉贴写、回子四名来接。

早阴，有风而冷。

库车章京等预备全羊。

依大人送菜一桌。

初七日。辰初起身。路有泥淖处，过河数次。午正，住洋萨尔台（百里）。

有风而冷，晚尤大，夜止。东山积雪未消。

库车章[京]预备全羊。

初八日。辰初二刻起身。十五里，老龙泉少憩。路平，过河数次。午正，住策达雅尔台（六十里强）。

库车章京预备全羊。

有风。暖。

---

① 喀尔沙拉：应是“喀拉沙尔”之误，即喀喇沙尔。依大人：即依奇哩，时任喀喇沙尔办事大臣。

初九日。卯初三刻起身。路平，土大。六十里，野人沟回房早尖。申初，住库尔楚军台（百六十里）。早有风，午刻晴暖。

库车章京预备全羊。

库车王都司预备猪肉、脂油。

库尔勒阿奇木阿布拉什来接。

两日皆沿山行。

初十日。辰初起身。上坡路，沿山行。路平，土大。两处茶尖。午正，住喀喇布拉克（百里强）。微风，午刻暖。

库车预备全羊、猪肉。

仍沿山行。

十一日。辰正起身。路平，有泥淖处。午正一刻，宿库尔勒台（七十里）。早凉，午刻暖。

库车预备猪羊肉。

依大人差家人来接。

仍沿山行。

大车上木匣失银四百五十两。

接依大人信，知开都河尚未解冻，须住数日。

十二日。住一日，以开都河未开也。差程林打探河路。

十三日，春分。辰正起[身]。数里后入山行，中路茶尖。尖后过水旱搭坂，间有石路，车尚易行。巳正三刻，宿哈尔哈阿满台（三十里）。

库车预备猪羊肉。

台房小。四山环绕。

程林由喀喇沙尔回，探明河尚不能渡。

□戈什哈回，带来依大人信一封、火腿、点心、猪肉。

十四日。辰初起身。廿余里后出山，下坡路。两处茶尖。未初二刻，宿南台[①]（百一十里，河南岸）。台房小而潮湿。

依大人并印房、粮饷、夷回各章京，绿营官弁差人接。

亲至河岸看冰情形。

十五日。卯初一刻起身。沿开都河行二里许，至渡口。河身已解冻，约宽四五丈。南岸冰坎丈余，北岸冰冻，约二矢之遥，渐有苏脆之处。由南上船，至冰冻处下船，履冰行，甚险。二刻许，达北岸。俟车马渡过始行。

辰初二刻，至喀喇沙尔（四里许）。印房章京恭讷春、粮饷多□额、夷回琦成阿、城守营冉殿臣、笔帖式等接至河口。依大人接至底台，畅谈。旋即来拜，未会，差人谢步。

众章京来见。

底台旧管病海骝马一匹，今已治好，即送冉游击。

送依大人霞衣二匹，褂料一件，对子一付，花翎一枝，枣骝

① 南台：指开都河南台。

马一匹，骡一头。

晚听吕韵善弹筝。

车上失盗事，托印房恭章京讯问。

（开都河龙神庙许献扁〔匾〕。敬书“化险为平”四字，交恭章京代办，交给银十两。）

十六日。住。依大人来谈。

差凤格去回拜。

晚与恭章京谈。

送恭讷春马一匹。

依大人送草上霜马卜甬一件，舒伦皮四张，点心二匣，湖茶一包，海米一匣，蘑菇一匣。

十七日。午刻，至依大人处回拜。

拜印房各章京。

车上失银之事，讯出窃贼刘二，赃银全行起出，仅少银四十余两。酌赏印房官人、刑皂等人银廿两。

送恭章京羊皮袍褂甬一套，对联一付，暖鞯一块。

晚约戈什哈等吃全猪。

发平都统①、常将军②信二封。

---

① 平都统：即乌鲁木齐都统平瑞。

② 常将军：即伊犁将军常清。

十八日。差人至依大人处辞行。

依大人来谈。

换小毛皮袄。

十九日。辰初起身。依大人差家人送。众章京送至数里而回。

地多斥卤[①]，泥淖处多。未初，宿特博尔古台（九十里）。

库车巡捕、戈什哈、爱吉等送至此，饬令旋回。忠慧、摆特春、额讷恩布、陈桂芳〈入〉则回叶。酌赏之。

依大人差人按站预备羊二支〔只〕，每三站预备猪一口，至苏巴什台止。

天气甚热。

公馆可。

二十日。卯正二刻起身。间有沙窝、树窝路。四十里，曲惠少憩。以后有碎石，上坡路，近山故也。未初一刻，住乌沙克他拉（八十里）。公馆可。

天气热，后半天风。

廿一日。寅正一刻起身。八十里，新井子尖，少憩。又五十里后入山行。午正二刻，宿喀喇河色尔台（百五十里）。

天气暖，有风。

---

① 斥卤：盐碱地。

廿二日。卯正一刻起身。廿里后出山，三十里茶尖。午初一刻五分，住库木什阿哈马台（九十里）。

下坡路。

天气暖。

廿三日。卯初起身。十里后入山行，沙窝碎石路。八十里，桑树元子[①]台房尖。又九十里，未正，阿哈尔布拉克台住（共百五十里）。

天气微凉。

公馆小而整洁。

廿四日。卯正一刻起身。沙窝路。数里后至苏巴什沟，大石碍路，车行颠簸，幸不甚远耳。下搭坂后，山足有泉，涓涓细滴，清澈可饮，入地不见。再过数里，复由山足涌出成河。碎石沙窝路，间有河流漫溢，泥淖处多，尚有坚冰未消处。巳正三刻，宿苏巴什台（六十里）。

廿五日。卯初二刻起身。廿里后上沙梁，即出沟矣。沙窝路，车行费力，幸系下坡。于巳正一刻，宿托克逊台（九十里）。荣署领队[②]差满营前锋校丰瑞、戈什哈二名，绿营旗牌官张儒、戈什哈二名接。

---

① 桑树元子：即吐鲁番所辖之桑树园。

② 荣署领队：署吐鲁番领队大臣荣庆。

公馆涔漏，住店。

换棉袄。

廿六日。辰正起身，候马齐也。路为水蚀辙压，坑坎甚多，车行甚难。七十里布干台，尖。后路少平，多沙窝路。酉初，至吐鲁蕃（百三十里，里大，约百五十里）。

署领队荣大人、同知得彬、巡检、城守营署游击秦步云、协佐领等官在官厅接。荣大人、得同知来拜，谈许久。余未见，差人至各处谢步。

平都统差防御伊勒图带领戈什哈□名[①]来接。

天气甚热，彼处人已换夹衣。

廿七日。住一日。差奉格各处一拜。

差人送荣大人羊皮袍、褂甬各一，暖鞯一块，霞依〔衣〕一件。

送得丞舒伦皮四张，羊皮袍甬一件，霞衣二件，绒毯一块。

荣大人请奉格吃晚饭。

晚与得宜庵[②]谈至亥正。

廿八日。住。

荣大人来。

---

① 原文数目空缺。

② 即吐鲁番同知得彬。得彬，号宜庵，或作“宜蕃”。

差人至各处辞行。

热甚，换夹衣。

宜莽来谈。

廿九日。辰初一刻起身。荣大人差人送。

同知、巡检送至郊外。午正，住坑坑儿（七十里近）。

领粮目兵王登第等禀辞，又喀喇沙尔巡捕、戈什哈旋回，均酌赏之。

库车回子二名旋回，赏之。

沿途得宜莽预备猪肉、夫料等。

孙祥送至坑坑儿。

后半天大风，入夜狂风怒吼。

（套车换行骡。）

三月初一日。大风竟日，不能起身，住一日。

在风神庙许献扁〔匾〕额。

初二日。辰初起身。三十里，盐山口尖。又三十里，头道河少憩。又三十里，午正三刻，住三个泉（九十里）。

竟日有风，不大，未正后止。

初三日。寅正二刻起身。五十里，白杨河尖。尖后过搭坂，又七十里。申初三刻，宿噶逊城[①]（一百廿里）。

竟日晴，无风。

大妞车覆，幸无恙。

铺垫桌椅，营员预备。

粮员锡拉春送菜，却之。

初四日。辰正起身，车马不齐也。沙窝碎石，上坡路。土敦子尖。未正三刻，住柴莪铺[②]（九十里，路大）。

台房逼仄，马矢气难闻。

初五日。卯初二刻起身。盐池墩早尖（迪化孔牧[③]预备）。由汉城迤西走河套路。酉初一刻，到乌鲁木齐城（九十里，路大，约一百二十里）。公馆系协领衙门，在南街十巷。

平都统、伊署道[④]、孔牧、恒石舲[⑤]、文质斋[⑥]出郭接。噶吾善来接。

平蔼如[⑦]来拜。

恒石舲来谈。

---

① 噶逊城：即喀喇巴尔噶逊城，又称达坂城。

② 柴莪铺：又作“柴窝铺”“柴俄铺”等。

③ 孔牧：指孔昭恒，时署迪化州知州。下文“孔令”亦是。

④ 伊署道：下文或作“伊牧”，即伊昌阿，时署镇迪道。

⑤ 恒石舲：下文或作“恒诗舲”，即恒颐，后授奇台县令。

⑥ 文质斋：即奇台县知县文光，下文称其“文令”。

⑦ 平蔼如：即平瑞，字祥斋，一字蔼如，或作霭如。

天气暖。

初六日。住。午刻至各处回拜，在平都统处谈。

初七日。晚约恒诗舲饮酒，至子正后散。

换皮袄。

初八日，腰胁疼痛，勉强写对联数付。

夜大风，雨一阵，后半夜大雪，约数寸。

晚，平大人来谈。

（送平都统羊皮甬二件，舒伦褂甬一件，和□绸二，□舒尔二，纱衣二，□□衣二，杏干等四色，青骡、青马各一。）

初九日。恒诗舲约郭四爷来看病。

两日用麸子葱口袋熨数次。

早仍大雪，甚冷，穿皮袄皮褂。午后晴。

伊道来谈。

初十日。家人王冰病故，赏棺殓费，瘞之红山嘴。

恒诗舲来谈。

十一日。早大雪，午后晴。

石舲、孔令来谈。

平都护请吃晚饭，亥正回。

冷极。

帮舒粮员百金。

（平都统送灰□甬二，蟒袍一，褂子一，并给妞儿等□绸等、火腿、黄酒。）

十二日。晴。恒诗舲、平都护来送行。伊牧、孔令均来请行安。

午刻，与诗舲小饮。

十三日。因马不齐，午初起身。

平都统、伊署道、孔令、萨达两章京送至红山嘴。

恒诗舲送至接官厅（约六七里）。

申正，宿古牧地（四十里）。孔令预备。

公馆整洁。

路多泥淖。

天暖。

（借诗舲家人二名，厨子一名，衙役二名。）

十四日。辰初起身。路有坡坨，车马易行。二十里，黑沟。三十里，甘泉堡。又四十里，未间二刻，住阜康县（九十里，约百二十里）。

天暖。

前令余士镜差人接。署令裕厚[①]（乌垣笔帖式，年廿九岁）亲身接，并到公馆，未见，差人谢步。

公馆宽绰。阜康预备。

十五日。辰初起身。裕令差人送。大泉少憩。午正二刻，住紫泥泉（九十里）。旅店尚可住，阜康预备。

晚至街上小游。

早凉，午后暖。

十六日。辰初起身。井井子少憩。午正，住三台驿（八十里）。

旅店尚可。

济木萨属无支应。

早凉，有风。午刻暖。

十七日。卯正二刻起身。卅五里，双岔河。又卅五里，住济木萨（七十）。绕路至千佛洞一游，多行十余里。

千佛洞卧佛寺在邑西南七八里山川中，供三世佛。洞中供卧佛一尊，约长二丈许。

陶县丞[②]来见。

---

① 裕厚：字仲红，下文常以其字相称。因其当时以乌鲁木齐笔帖式署阜康县令，故景廉又称其为“裕令”“裕笔帖式”。

② 陶县丞：即陶玥，济木萨县丞。

倭参将[①]差人来。因病未果来。

十八日。辰初起身。大风。大泉子早尖（诗舲差人备早饭）。未初，住古城（九十里，里大）。

保艾峰[②]差麟笔式帖〔帖式〕、戈什哈二名来接。护游击武殿魁接，并来公馆。

公馆整齐。

夜大风雪。锡老三[③]来。

十九日。早雪，午后晴，冷极。

陈巡检病，差人来。

延寿山来谈。

二十日。早晴，午后少暖。

至保艾峰处一拜，畅谈。拜延寿山，未见。差人至奇台县。差人至文质斋处。文令亦差人来。

早写信，交伊章京，赏马。伊章京禀辞，赏之。

廿一日。石舲处大阿哥来。

雷明回。

---

① 倭参将：即济木萨营参将倭贺。

② 保艾峰：即保恒，字艾峰，时署古城领队大臣。

③ 锡老三：即锡纶，字子猷。保恒第三子，故称锡老三。

夜雨，至晓晴。

廿二日。大格儿来。

晚至驼厂看驼车。

早雨，巳刻晴。

廿三日。保大人、锡老三来谈。

廿四日。延寿山来。

薙头。

竟日阴。

舒粮员来。

发伊犁将军信。

廿五。演剧。

保艾峰、延寿山、锡老三、奎老大来。子正后散。

陈巡检来，未见。

发乌里雅苏台、科布多两处信。

廿六日。演剧。

延寿山、锡老三、奎老大来。亥正散。

保大人家三奶奶、姑娘来。

两日热，可着夹衣。

廿七日。延寿山来。

廿八日。晚至税局看延寿山。
写对联数付。

廿九日。差汪贵至奇台送礼。

三十日。大风竟日。

四月初一日。早甚冷，换棉袄、皮褂。
八格回奇台，令奉格送之。
大风竟日。

初二日。恒诗舲送礼，受之。送程仪二百两，却之。
午后暖。
申刻，至税局听戏。

初三日。午刻，至保大人看傀儡之戏，即在彼晚饭。戌初回寓。有风。

初四日。延寿山来谈。

初五。保大人来谈。

晚至税局看戏。

初六日。写对联、折扇。

连日微暖，早仍穿皮马褂。

初七日。保大人赴红庙，差禄儿送。

食全羊。晚至税局看戏。

初八日。

初九日。两日冷，屋中尚须有火。

晚作诗数首。

初十日。寄安字不列号家信，交喜章京由乌里雅苏台折差寄京。

赏喜明搬指、翎管、火镰、烟壶。

十一日。写对联。

十二日。写对联。

两日天气热，穿夹衣。

十三日。写对联、折扇。

十四日。热甚，可着单衣。

十五日。差汪贵接恒诗舲。
奉格接至三十里。
午后至税局看诗舲。晚诗舲来谈，至子刻。

十六日。锡老三来。
诗舲来谈，留便饭。丑初散。

十七日。诗舲来谈。

十八日。至税局。
连日燥热。

十九日。诗舲来。
阴而有风，午后雨。

廿日。诗舲来谈。

廿一日。晚差人接恩文台。
在税局谈。

廿二日。文台来拜。

午后，回拜文台。在诗舲处饮至子刻。锡老三在座。

写对联、扇子。

廿三日。诗舲来。

接奎辅廷[①]、高、赛信三封。

廿四日。在税局谈。

写对联、折箑。

发平三爷、奎五爷、高师爷诸人信，托诗舲家人带至红庙。

廿五。无事。

廿六日。无事。

廿七日。锡三爷来谈。

廿八日。恩三爷、恒大爷来。

至保大人处（新由红庙回古）。

廿九日。保大人来谈。

---

① 奎辅廷：即前文之“奎参赞”奎栋，“辅廷”为其字。

五月初一日。恒大爷来辞行（回奇台）。锡老三来。
申刻后，至税局送诗舲。
听戏。

初二日。

初三日。两日写折扇、团箑。

初四日。给保大人送寿礼。

初五日。保大人处拜寿，留吃饭，子正回。
午后至税局。

初六日。

初七日。裕笔[帖]式来。
锡老三来。

初八日。回拜裕笔帖式。
晚至税局听戏，与文台谈至亥刻。

初九日。写折扇、对联。

初十日。晚，延大爷来。

十一日。二妞生日，抓周。

晚至税局，与延寿山、恩文台谈。

听戏。

十二日。保艾峰来。

闻库车有回匪滋事、占据军台围城之信。

十三日。至保艾峰、恩文台、延寿山、裕仲红各处辞行。在艾峰、文台处谈。

申刻雨，晚晴。夜雨达旦。

十四日。延寿山、恩文台来谈。

与恒诗舲写信。

恒[诗]舲差人来送信，托买京靴等件。

竟日微雨。

十五日。裕仲红来送行，未见。

未正刻起身。恩文台、延寿山、锡子猷在三水磨送行，少谈。行至驼敞〔厂〕，少憩。吃晚[饭]。戌刻，坐驼车。共行约二十里。因下雨地滑，即住，地名二厂子。时约亥初。

后半天浓阴，雨不甚大，而淅沥不绝。夜亦如之。次早晴。

玉〔裕〕仲红辞回。

夜甚冷。早晚皮衣。

十六。早雨，午刻晴，午后微热，有风。酉正一刻行。戌正，住三马敞〔厂〕（二十里）。

恒诗舲差陈仁预备尖。

夜有风，甚冷，穿皮衣两件。

有马神庙一所，河一道。草甚茂盛。

（七刻。古城绿营马厂。）

十七日。午刻，至马神庙行礼。

酉正一刻起身，乘月行。清风徐来，月光如水。子正，住东城堡（六十，里大）。

午刻热，尚有风。

临近有小村一处，约十余家，种地户民也。数里外有水源，有草。

（二时七刻。）

十八日。住一日。午刻热，有风。

晚半天阴，夜大风，极冷。

十九日。午后甚热，有微风。

酉正起身。浓阴，雷电交促。微雨一阵，旋晴。四十里，木垒渠。又三十里，子正，住红柳泉子（七十）。有人家二处。有井，数里外有草。

（三时。）

廿日。早，保艾峰差戈什哈送到麟公、奎大人信二件。

戌初起身。亥正，住兴隆景（廿里）。

夜狂风怒吼，车身震撼，竟夜未能成眠。

午刻热，夜凉甚，可着皮衣。

有人家两处。

井水甚咸。

此地距木垒河三十余里。

王掌柜来。

（一时四刻。）

廿一日。巳刻，风渐小。

热。

微阴，小雨一阵，旋晴。

酉初起身。三十里，长山子。又三十里，亥正二刻，金圪搭（六十里）。

有人家，井小可用。

有风。

（二时六刻。自起程至今日，皆顺南山东行。）

廿二日。热甚，微风。

酉初三刻起身。丑正，宿穿泉（九十里）。

有蒙古包、中原户民、井水。

此地小山环绕。

（四时一刻。）

廿三日。早阴，甚凉爽。

午后热而有风。

酉初一刻起身。行乱山中，微有坡坨，易行。丑初二刻，住红沙泉（九十）。

井水。

（四时一刻。）

廿四日。竟日阴，凉爽，风大。酉初一刻起身。行乱山中。微有坡坨，易行。丑初二刻，住红柳峡（九十里）。

河水。此地有田园树木，人家数处，耳目一新。买韭菜、小鸡。

（四时一刻。）

廿五日。竟日阴，狂风大作，微雨数点，甚冷。

酉初二刻起身。风止。行乱山中，间有石路坨坡，不甚难行。

廿六日寅初三刻，住锅盖山（九十，路大）。

（五时一刻。）

廿六日。竟日时阴时晴，狂风怒号，甚冷。酉正二刻起身。入夜风止。亥正一刻，住芦草沟（四十里）。在山中行，坡坨少。

有人家一二处。

（一时七刻。）

廿七日。竟日大风，不甚冷，可着夹衣、棉褂。酉初一刻起程。仍在山中，坡坨较多。四十里，砖井。又二十里，亥正二刻，住黄土梁（六十里）。黄土梁水苦，人马所饮俱由上站带来。

无草。

（二时五刻。）

廿八日。薤头。竟日大风，晚止。早晚着棉衣。酉初二刻起身。行乱山中，坡坨较少。子初，宿白墩子（六十里，里大）。草好。

白墩子有人家一处，小庙一所。

（二时六刻。）

廿九日。竟日风，不甚冷。申正三刻起身。大风。碎石路，车中颠簸。有大坡二处，尚易行，余皆小坡。丑正，住天生圈（九十里，里大）。

天生圈无水，由上站带。

路半夜雨。

（四时五刻。）

三十日。早雨，不甚大。午刻晴，大风，喜不冷，可着棉衣。酉正起身。路平。子初三刻，住三塘湖（六十里，里大）。

草好。

泉水。

有户民田地，可买菜。

此站在山中。

（二时七刻。）

六月初一日。竟日热，炎风扑面，灼体难过。戌初起身。在山中行，坡少。亥初，宿湖尾子（四十里，里小）。有人家，可买菜。

买羊一支〔只〕。

竟夜热。

（一时。）

初二日。竟日大风，热。酉正起身。沿山行。丑初二刻，住炭窑子（九十里）。沙路，平。翻山较速。

午刻微雨，夜微雨。

（三时六刻。）

初三。热，午后大风，夜止，微雨数点。午正二刻起身。六十里，至脑儿。大路平，以后有坡坨。丑正二刻，住老爷庙（百四十里，里大）。有庙一座，至庙行礼。

蒙古包一，看庙者。

泉水可饮。

（七时。）

初四日。热，虽有微风，不能祛暑。酉正二刻起身。有风，凉爽。寅初二刻，住干湖（九十里）。路平。住处在乱山中。

带水。

（四时四刻。）

初五。竟日热风扑面，无处可逃。酉正起身。风止，路平。子初一刻，住柳树泉（六十里）。

入蒙古界，渐多蒙古人矣。

（二时五刻。）

初六日。有风，热。夜风止。酉初三刻十分起身。路平。亥正，宿雪海鄂博（五十里）。

水草好。

（二时一刻。）

初七日。竟日大风怒吼，热。

酉初三刻起身。路有坡坨，多碎石。子初二刻，住乌局尔（六十里）。

夜风。

（二时七刻。）

初八日。有风，热少减。酉正二刻起身。碎石路，坡坨上下，俗呼“九沟十八坡”，不甚难行。丑初二刻，住张冠山丹（六十里，里大）。酉刻后大风，后半夜止。

（三时四刻。）

初九日。自早雨至未刻，约数指。申刻晴，竟日凉爽。酉初一刻起身。石子路，亦有坡坨。寅正一刻，住哈拉迭领（九十里，里大，约百廿里）。此地在四山中。

（五时四刻。）

初十日。住一日。竟日有风，不热。晚饭后登山一望。

驼户失驼一只，次早始觅得，故未行也。

十一日。登山一游。竟日风，不热。申刻，雷雨一阵。申正三刻起身。冒雨行，雨旋止。渐出山行，碎石路，微有坡坨。丑初一刻，住石拉胡尔奈（九十里）。地甚旷衍。

（四时二刻。）

十二日。竟日浓阴，大风，甚凉。酉刻雨，竟夜达旦。酉初二刻，冒雨起身。路中仍有碎石，较前两日微好些。亥正三刻，住老龙鄂博（九十里，里小）。

此地无水。

（二时四刻。）

十三日。竟日雨，颇深透。甚凉，穿皮袄。

住一日，以阴雨未行也。入夜雨止。

十四日。竟日阴，有风，微雨数点，可着棉衣二件。申正一刻起身。沙路，间有碎石。夜晴。子正，住嘉会（九十里，里大）。

此站蒙古人多极。

（三时七刻。）

十五日。住一日，以前途积雨未涸，车行不便也。早微雨数点，竟日时阴时晴，凉风飒然，可御夹衣二件。

买羊五支〔只〕，赏驼户三支〔只〕。

十六。竟日微风，不甚热。未正后大风雷，微雨一阵，旋晴。申正二刻起身。绕路行，多红柳墩，车行不稳。过小水渠数处，临到有搭坂一处，尚不甚难行。寅初一刻，住小苏吉（六十里，绕路多行四十里）。

（五时三刻。）

十七日。早热，午浓阴，大风，响雷数声，微雨数点，旋晴。酉初一刻起身。上坡路，微有碎石。前三十里，为小加拉木。寅初，住大加拉木（九十里，里大，约百一十里）。

（四时七刻。）

十八日。寅刻浓阴雨至，辰刻晴，午刻震雷，大风雨，至申刻始晴。戌初起身。沙路，平，间有碎石。临行时天又阴，微雨。至夜晴，月出。次日卯正，到干柴莫多（百三十里，无水）。

（六时三刻。）

十九日。早微阴，雨数点。午后有风，不热。酉正三刻起身。沙石路，平，间有沙窝。寅初，宿小拖雷（八十里，里大）。夜晴，至晓阴，微雨。

（四时一刻。）

廿日。早微雨，竟日时阴时晴，有风，不热。酉正起身。行草湖一段，余多草墩，车行不稳。子初二刻，住大拖雷（六十里）。

（二时六刻。）

廿一日。时晴时阴，不热。午后大雷雨一阵，风极猛，将蒙古包吹坏。酉正一刻多些起身。沙路，平。子初，住乌什克（六十里）。

路遇冯尹平世兄（名焌光，候补同知，行一）赴伊犁搬灵，谈刻许而别。

（二时三刻。）

廿二日。早晴，午刻后大风雨一阵，旋晴，不热。酉正起身。沙路，平，微有碎石。子初二刻，到苏浑图（七十里，里小）。入夜甚凉。

遇后来驼户，得奇台、木垒河聚众滋事之信。

（二时六刻。）

廿三日。午刻大风雨一阵，不热。酉初一刻起身。行小山中，砂路，间有碎石。前半多草墩、沟坎，小河滢洄，过十余次。丑初二刻，住干磨尔（八十里，里大）。干儿[①]孝敬羊五支〔只〕，赏驼上三支〔只〕，送京货、舒大爷羊肉各二块。

薙头。马柜掌〔掌柜〕拜。

（四时一刻。）

廿四日。时阴时晴，有风，早晚甚冷，可穿皮衣。酉初三刻起[身]。砂路，微有碎石、沟坡。子初，住三音忽墩（七十里，里小）。无柴。

① 景廉有殇子名双格、树格。此处“干儿”，疑即前文之奉格。

（二时五刻。）

廿五。有风，不热，午后洒雨数点。酉初三刻起身。风止。丑正，住白洋克博尔（八十里）。沙路，平，微有碎石。临到有草墩一段。

（四时一刻。）

廿六日。大风，甚凉，晚微雨。酉正一刻起身。沙路，平。两日小山起伏，多漫坡。丑初，住忽敦克博尔（七十里）。

无柴。

紧八站之首站。

（三时七刻，紧八站起。）

廿七日。住。

竟日大风怒吼，凉甚，晚止。

买羊。

晚在京货挑[1]上谈。

廿八日。住。

竟日风，不甚凉，晚止。

晚在京货挑上谈。

---

① 旧时常将“货郎担”称作“京货挑”，此处以其称呼往返于京津至蒙古、新疆一带的贩货商帮。

廿九日。住。

竟日风，申刻止。晚登小山一望。

天气暖，可穿夹衣。

七月初一日。微风，时阴时晴，热，可着单衣一二件，至夜始觉凉爽。戌初起身。沙路，平。丑初，住查罕布拉（六十里）。

距住处迤北数里，有石数块，上有似人手足迹，予未之见也。

（三时。）

初二日。竟日热，微风。申刻后大风，阴，雷，未雨，旋晴。酉初三刻起身。沙路，平。子初二刻，住大苏吉（七十里，里小）。此处大雨新晴，沟渠皆满。

（二时七刻。）

初三日。早半天热，午后有风，酉刻狂风怒吼，至子刻后少息。申正二刻起身。绕路行，路多草墩。四十里后沙路，平。

子正一刻，住哈拉牛敦（九十里）。

买羊一支〔只〕。

水微咸。

（三时七刻。）

初四日。竟日热，有微风，尚可祛暑。申正二刻起程。前半微有坡坨，后半沙路，平，下坡。丑初二刻，住毛敦鄂博（九十里）。路中北望，有山孤峙如穹庐，蒙古人谓之闹眼托罗海，相距约百余里。

水微咸。

此站有瀚海石，驼夫谓之旱玛瑙。

是日，遇京货客赴古城者。

（四时四刻。）

初五。竟日热，有风。未正二刻起身。沙路，平。亥初二刻，住铺盖提（六十里）。将近住站，遇贼达子四人，骑马偷劫橐驼。幸人手众多，即时赶散，行李未失。

水可。

（紧防。二时四刻。）

初六日。立秋。辰正二刻起身。沙路，行小山中，坡沟起伏。至乱山子，路尤曲折。出山口，红脑儿少歇。后半沙路，坡坨微少。亥初一刻，行至沙梁前。因天晚，遂宿于此（百里）。

过玉山子，有石如矾、精如砗磲者，大小不一，特太脆耳。

竟日热极，车中尤薰蒸难过，载道以来所未有也。

（六时三刻。紧防，乱山子尤要紧。）

初七日。寅正二刻起身。过沙梁，坡坨上下，沙深没腂。辰初一刻，住苏勒果尔（十里）。水草好。

连日未放驼，是以在此牧放。申正一刻起身。大风，微雨数点，仍过沙坡数重，登降尚易。后漫行沙窝路一段。子初，住红梁尔岭（六十里）。

是日不热。

京货上谈。是日，遇茶客赴古城者，车九两〔辆〕，驼七八十支〔只〕。

（三时三刻。紧八站止。）

初八日。有风，午刻微热。酉正起程。碎石路，间有沙窝。丑初一刻，住博尔黑哨（七十里）。

无柴，无水。

（三时五刻。傍沙山行。）

初九日。有风，不甚热。酉初五分起身。前半碎石路，中段有草墩，后半沙路，平。子正五分，宿哈达布垓（八十里）。

无柴。草不好。水可。

（三时四刻。傍沙山行，沙山渐低。）

初十日。竟日浓阴，大风。午正后雷声隐隐，微雨数点。酉刻大风，雨数阵，不大。夜晴。竟日凉爽。酉初三刻起程。前半碎石、草墩，中路平，后半有草湖一段。丑正二刻，住托古奇（九十里）。

是日薙头。

柴少。

买羊二支〔只〕。

水可。

自苏勒果尔迤东，傍沙山行。此后不复见矣。

（四时三刻。托古奇有路通肃州。）

十一日，大风，不热。酉刻，狂风怒吼，子刻止。酉正一刻起程。沙路，平。丑初一刻，宿大钦（六十里）。

无柴。

水可。

两站路中有草，如棘丛生，有刺，叶如马齿苋，上结红豆，味酸甜。驼夫采取大嚼。蒙古名曰“哈拉木”。

（三时四刻。）

十二日。早微热，午后有风。酉正三刻起身。沙路，平。丑初二刻，住脑尹托罗海（七十里）。

无柴。

水可。

住处有蒙古兵扎营，闻系调赴甘、凉、肃防剿回匪者。

（三时三刻。）

十三日。竟日阴。午刻有风，微雨。酉刻大风怒号，细雨至夜。酉正二刻起身。沙路，平。丑正一刻，住乌兰胡敦（七十里）。

无柴。水可。

夜奇冷，如冬日，穿皮衣二件。

西山麓有庙一所，甚宏敞。

（三时七刻。）

十四日。竟日大风，冷，衣中毛皮袄。未刻，微雨数点。夜风止，月色如画。酉初三刻起身。沙路，平。子初，住额尔的呢（六十里）。

路遇驮茶驼支〔只〕，由归化城来者。

水可，无柴，草少。

（二时五刻。）

十五日。早凉，午后有风，暖。酉初起身。沙路，平。丑正，宿迭尔苏（九十里）。

沙路，平。

无柴，水可。

（四时四刻。）

十六日。竟日有风，不甚热。酉初三刻起身。沙路，平，微有上下漫坡。寅正，住北刚图（九十里，里大）。

无柴，水可。

路遇由归化城赴古城贩茶者，驼百余支〔只〕，车七辆。闻包头镇汉回不甚安静。

晚在京货上谈。

（五时一刻。）

十七日。[1]竟日热，有风。酉正二刻起身。沙石路，过小河数次。临到有草墩一段。寅刻，住伯尔俚（九十里）。附近多树，眼界一新。

以前数站至此，哈拉木甚多。

水可。

十八日。竟日浓阴，有风，凉爽。午刻雨一时许，夜大风，至晓雨。

十九日。住一日。早阴，雨至巳刻，有风，可穿皮衣。未刻晴。晚后浓阴，未雨。夜晴。在京货挑上谈。

二十日。竟日微热，有风。申正二刻起身。沙路，平，间有沙窝。寅初一刻，宿察汗察布（百里）。

水可。

路遇回肃州马车一两〔辆〕，驼二三十支〔只〕，未载货。

前二十里鄂尔柳，井坏，未住。

两站皆有哈拉木。

---

① 该日天头字迹不清，似为“四时二刻”。

（五时三刻。）

廿一日。午刻热，后半天大风，夜止。酉初三刻起程。沙路，平，偶有沙窝漫坡。丑正一刻，住察汗贺马尔（九十里）。

水咸。

无柴。

路遇由古城来驼户四人，驼七支〔只〕，得知乌鲁木齐汗〔汉〕城、奇台县有回匪聚众焚掠据城之事。

前五十里桃毫。

（四时二刻。）

廿二日。竟日热，微风。酉初二刻起身。沙路，下坡，平，间有沙窝。丑初三刻，住喇叭湖（七十里，里大）。

是日，□□落马。

柴多。水微咸。

此后数站无柴，由此驮带。

（四时一刻。）

廿三日。买羊一支〔只〕。竟日微风，热，申刻洒雨数点。酉初三刻起程。沙路，平，中段有坡坨、石坎、沙窝。丑初三刻，住鄂尔思忽敦（七十里，里大）。

无柴，水可。

（四时。）

廿四日。竟日热，酉刻后有风。酉初二刻起程。路平，多沙窝，后半间有草墩。丑初二刻，住胡尔敦（七十里）。寅刻雨。

水微咸。

南山上有墩台，知渐近内地矣。

住处有涸河一道，甚宽。

（四时。）

廿五日。早雨，至午刻。住，晚甚凉。

以驼户失驼，住一日。

廿六日。早雨，午刻晴，申刻大风雨，至戌刻止。申正二刻起身。

丑正二刻，住乌蓝乌苏（八十里，里大）。行小山中，沙窝路。前半有坡坨，二十里上大坡。后半多草墩、石坎，车难行。

沿路多树。

水可。

（五时。）

廿七日。竟日有风，酉刻天阴如墨，烈风迅雷，有雹，大雨如注，至子刻止，仍大风。酉初三刻起身。因风雨太大，行三十里，住（亥正，地仍前名）。

廿八日。赏驼户银六两，赏家人银廿三两。

夜极冷。

廿八日。竟日狂风怒吼，须衣重裘。申初二刻起身。上下漫坡，间有草墩。子初二刻，住西黑沙图（六十里）。水可。

夜尤冷。

迤东三十里为东黑沙图。

（四时。）

廿九。晴，大风，仍穿皮衣两件。晚风息。申正三刻起身。下坡路，多石坎、沟坡。近住处廿里，下搭坂，大石路。寅正，住博尔罕图（百里，里大）。水可。

买羊四支〔只〕，赏驼上三支〔只〕。

（五时五刻。）

三十日。竟日有风，不冷。酉初起身。下坡路，中段微有草湖、沙窝，绕路行。河滩，出山口后平路。丑正三刻，住张毛胡敦（九十里）。水可。

南距黄河三十里。此地有户民。

（四时七刻。）

八月初一日。竟日风。申刻浓阴，雷雨，至夜晴。因天雨，住一日。

初二日。竟日微热，晚密阴，未雨，夜晴。申初三刻起身。多沙窝路。前半多河沟，皆雨后山水所冲。遇洄河一道，甚宽。后半有草湖二段。丑正一刻，住萧家店（九十里，里大）。

前数里为额尔里根河。

有店一处，可买羔。

有户民。

路中土阜上有庙一所，甚宏整。

（五时二刻。）

初三日。竟日大风。申刻，黄云四塞，风愈大，夜止。浓阴，未雨，甚冷。申初三刻起程。前半土路，多水渠，漫溢满道。后半沙石路。丑正一刻，住台布拉（九十里，里大）。

沿路间有田园村落。此后皆然。

有户民。

水可。

（五时二刻。）

初四日。大风竟日，晴，冷。申初三刻起身。土路，多石。四十里后入哈达莫尔沟。两山环绕，涧水潆洄，大石路，难行。因夜黑路险，行十余里，遂住。时已子正（五十里）。

十儿车惊，幸未伤人。

初五日。晴暖，早有风，午后止。午正三刻起身。仍在沟中行。两山逼仄，涧水满路，大石难行。微有坡坨。三十里，出山口，土路，平。又过大河一道。亥初三刻，住加拉湾（九十里）。

水可。

（四时四刻。）

初六日。晴暖。巳正三刻起身。沿北山行，南距黄河十余里。土路，桥多，渠水漫溢，难行。三十里，过包头镇，街市热闹。又五十里，亥初，住脑儿格逊（八十里）。

水可。

包头镇迤西有防堵营二处。

（五时一刻。）

初七。晴，热。午正三刻起身。沿北山行，土路，间有碎石、沟渠。子正二刻，住三颗树（九十里，里大）。

水可。

（五时七刻。）

初八日。晴，热。申初起身。沿北山行，土路，雨后多积水泥淖。戌正，住落莫汗（六十里，里小）。

水可。

（二时四刻。）

初九日。晴，热。申初起身。仍沿北山行，土路，多沟渠。

亥正三刻，住店上（五十里，里大）。

水可。

（三时七刻。）

初十日。晴，热。午正起身。土路，有沟渠。申正二刻，住浑津村（四十里）。水可。

驼敞〔厂〕有短墙水渠。

两夜多窃贼，竟夜防范。

（二时二刻。）

十一日。晴，热。酉刻大风，浓阴，微雨，旋晴。未初起身。土路，有沟渠。过大黑河，复顺河沿行。酉初一刻，至归化城，住。

乔莫义来见。

十二日。文老师来。

差人至将军、都统、道台[①]，西厅、文忠二老师家。

晚接到将军处咨到谕旨。

十三日。忠老师、贵道，穆、典、都三协领，文老师均来谈。

① 此处“将军”，即绥远城将军德勒克多尔济。“都统”，即归化城副都统桂成。“道台”，即归绥道贵肇。

十四日。富隆阿、玉升（均系骁骑校）来。

差人至将军衙门递呈，请代奏赏假调理。

十五。差人至各处贺节。将军、都统、道台均差人来。

十六。文老师、侯昉白来谈。

桂都统来。

十七日。差人看满营房子。

李思棠来。

十八日。文老师来。

十九日。接将军咨来奏稿。

请松佐领看病。

二十日。收拾行李。酉初，由旧城搬至新城南门内佐领衙门。玉升、阿勒吉图来。

□月[①]廿五日，赏驼户银四两。

七月初七日，赏驼户银六两。

七月廿八日，乌兰乌苏赏驼户银六两。同日，赏家人银廿三

① 据前文，似为“五月”。

两。

八月初六，换银十两（包头镇）。

六月廿〔十〕五日[①]，加会买羊二支〔只〕，银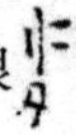[②]。换羊三支〔只〕、茶七块。

六月廿七日，忽敦克博买羊一支〔只〕，银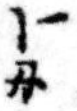。

七月初一〔三〕[③]，哈拉牛敦买羊一支〔只〕，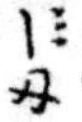。

七月初十，土布奇[④]买羊二支〔只〕，。

七月十六，迭尔苏买羊一支〔只〕，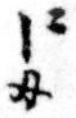。

七月廿三日，喇叭湖买羊一支〔只〕，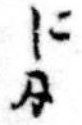。

七月卅，伯尔罕图买羊四支〔只〕，。

---

① 前文记，六月十五日住嘉会，买羊五只。此处日期误，应为“十五日”。

② 以下的银数，采用的是当时通行的计数法。即将单位置于个位之下，个位之后的是小数。如本处，即银二两二钱。以下六处，银两分别为：一两一钱、一两三钱、二两四钱、一两二钱、一两二钱、三两六钱。

③ 七月初三日住哈拉牛敦，买羊一只。此处日期误。

④ 土布奇：前文记作“托古奇”。

附录　景廉传记

景廉传记简述

景廉传记，今日可见者，有以下数种：

1. 台北故宫博物院藏“景廉传包”

“景廉传包”收存了《景廉列传》撰写过程中形成的9个稿本，另有《诰授光禄大夫、建威将军、赐进士出身、翰林院编修、内阁学士兼礼部侍郎衔先考秋坪府君行状》1种，共计传记10种。[①]10种传记，大概可分为三类。

第一类，是光绪二十八年（1902）经伊犁将军长庚、新疆巡抚饶应祺奏请推动撰写的《景廉列传》系列稿本，共6种。通过内容的比较，大概可知其成稿顺序：3、6号→2、8号→10号→7号。7号为下文清国史馆本《景廉列传》（档号：故传001541）的前一稿。这些传稿均为写作过程中的初稿、修订稿，并非定稿，本处不予整理。

第二类，其最终成果在收入《清国史》《清史列传》时，分别归入《新办国史大臣传》《新办大臣传》。以“新办”命名，其形成时间可能在上一类之后。此类共3种，形成先后为：1号→4、5

① 台北故宫博物院藏：“景廉传包”，档号：故传009500。9种传记分别是该传包之1、2、3、4、5、6、7、8、10号，11号为其行状。

号。本处整理了5号。

第三类，即是其“行状”。李慈铭撰“神道碑”、台北故宫博物院藏民国清史馆本《景廉列传》（档号：故传007670），皆据此而成。本处予以整理。

2. 台北故宫博物院藏清国史馆本《景廉列传》（档号：故传001541）

据该传封面载，该传由协修官庞鸿书纂辑，提调官陆继辉覆辑。经副总裁“童”八月廿三日、总裁“徐”九月初七日、副总裁“恩”十一月廿四日、总裁“额”十二月初五日审阅。通过内容可知，该传是“景廉传包”中第7号《景廉列传》（档号：故传009500-7）修订结果的誊录本，是清内府朱丝栏写本《景廉列传》的前一稿。本处不录。

3. 台北故宫博物院藏清内府朱丝栏写本《景廉列传》（档号：故殿007477）

该传虽不是清国史馆本系列《景廉列传》的最后稿本，但其修订时充分使用粘签，将后续的修订成果完全载录其中，最终形成了内容最为完备的《景廉列传》。在清代，许多列传的朱丝栏写本往往也是交给皇帝阅读的进呈本，因此也就有了“钦定”之“定稿”的意味。本处予以整理。

4. 台北故宫博物院藏清国史馆本《景廉列传》（档号：故传005144）

该传是清内府朱丝栏写本《景廉列传》的修订本，也是目前可见清国史馆系列《景廉列传》的最后稿本。但如前所述，朱丝栏写本利用其粘签的便利性，补充了《景廉列传》（档号：故传005144）成稿时未予记录的内容，如光绪十五年（1889）的赐祭等。因而整理时，未录本稿，但将其作为最重要的校本。

5. 台北故宫博物院藏民国清史馆本《景廉列传》（档号：故传007670）。

该传据自景廉"行状"。本处予以整理，亦可供我们观察"行状"对于其他体裁传记撰写的资料作用。不过，该传在撰述时，将"行状"内容删除过多，时间、事件衔接不紧密，使用时需再查证。

6.《清国史》之《景廉列传》二篇

此处的《清国史》，指的是复旦大学据馆藏之嘉业堂钞本《清国史》而影印出版者。[1]其中收录了《景廉列传》二篇。

其一见《国史满汉文武大臣画一列传后编》卷九八（见《清国史》第10册，第684—690页）。该传与清国史馆本《景廉列传》（档号：故传005144）基本相同，微有差异，此处不录。

其二见《新办国史大臣传》（见《清国史》第11册，第72—76页）。该传同清国史馆所撰之《景廉列传》（档号：故传009500-04、故传009500-05），本处不录。

---

①《清国史》，嘉业堂钞本影印本，中华书局，1993年。

7.《清史列传》[①]之景廉传二篇

《清史列传》卷五三《大臣画一传档后编九》（见《清史列传》第14册，第4159—4169页）之景廉传，与清国史馆本《景廉列传》（档号：故传005144）基本相同，微有错漏。此处不录。

《清史列传》卷五八《新办大臣传二》（见《清史列传》第15册，第4548—4554页）之景廉传，源自清国史馆所撰之《景廉列传》（档号：故传009500-04、故传009500-05）。与原传相比，该传有错漏数处。其中一处与原本差异较大："于是牵制虏掠之计，皆无所施，遂复西窜。"（见《清史列传》第15册，第4549—4550页）该句之"遂"，在上述"景廉传包"中本传（档号：故传009500-04、故传009500-05）、《清国史》本传中，皆作"益稀"，整句意思恰好相反，这值得使用者注意。该传本处不录。

8.《新疆图志·名宦》中之景廉传[②]

本处整理。

9.《清史稿》之景廉传[③]

该传据前人数传删改而成，本处予以整理。

10.《重修敦煌县志》之景廉传

甘肃省图书馆收藏的民国年间吕钟纂《重修敦煌县志·官司

---

① 王钟翰点校：《清史列传》，中华书局，1987年。

② 袁大化修，王树楠等纂：《新疆图志》卷一〇七《名宦》，天津博爱印刷局，1923年，第19页。

③ 赵尔巽等：《清史稿》第41册，中华书局，1976年，第12393—12397页。

志》抄本中有景廉传。该传主要据清国史馆撰《景廉列传》删节而成，本处予以整理。

11. 朱汝珍辑《词林辑略》之景廉传①

本处整理。

12. 李慈铭撰《诰授光禄大夫、建威将军、内阁学士、前户部尚书、军机大臣颜扎公神道碑铭》②

其基本材料取自“行状”。本处予以整理。

综上，各传共计23种，予以整理者9种，按先古后今、先官后私的顺序排列。9种传记互为补充，从多角度展现了景廉的生平事迹，也让许多疑惑迎刃而解。比如，景廉的字号，后人写得五花八门、莫衷一是。景廉“行状”由其子治麟提供，内称景廉“字俭卿，一字季泉，号秋坪”，自然最为精准。同时，各类传记纵向排列，其撰述沿袭一目了然；各传在撰写过程中的损益增删，则将官府或作者的褒贬彰讳展露无遗。故此，景廉众多传记里隐藏的多彩世界，还有待我们继续去探秘、观赏。

---

① 朱汝珍辑：《词林辑略》卷七，影印本，台北明文书局，1985年，第388页。

② 李慈铭：《越缦堂文集》卷八，国立北平图书馆，1930年，第11—14页。

景廉列传*

景廉，颜札氏，满洲正黄旗人。父彦德，绥远城将军，自有传。

景廉，咸丰二年进士，改翰林院庶吉士。三年四月，散馆，授编修。九月，升侍讲，充国史馆协修、文渊阁校理。四年五月，充日讲起居注官。十二月，升侍讲学士，充文渊阁直阁事。五年正月，充咸安宫总裁。四月，擢内阁学士，兼礼部侍郎衔。五月，充福建乡试正考官。六年六月，授镶白旗蒙古副都统。十月，充玉牒馆副总裁。七年正月，升工部右侍郎，兼管钱法堂事务。三月，管理火药局事务。十一月，命赐奠朝鲜。八年六月，转镶红旗满洲副都统。七月，充顺天乡试监临。九月，兼署正蓝旗满洲副都统。

九年二月，转刑部右侍郎。三月，兼署吏部右侍郎。十月，授伊犁参赞大臣。十一年六月，命往阿克苏，查讯办事大臣绵性等参款。十二月，鞫实以闻。又案叶尔羌参赞大臣英蕴苛敛擅杀事，同治元年三月奏结。并言："嗣后回疆命盗重案，宜一体按律定拟，候旨施行，不得依回子经典随时处决。"上韪之。

* 清内府朱丝栏写本，台北故宫博物院藏，档号：故殿007477。

四月，调叶尔羌参赞大臣。十二月，疏陈征收税务情形，酌量裁减，详立章程。谕曰："叶尔羌等城，系边疆要地，英蕴等前在该处，办理各事，诸多未善。景廉务当随时查察，将弊端加意厘剔，力求整顿。"三年三月，因病疏请开缺调理，上赏假一月。嗣以拜折后擅自交卸起程进口，诏切责之，令速回本任。景廉行抵归化城，经将军德勒克多尔济代奏请假，复赏假一月。十月，又以景廉病势日深，代恳开缺回旗。谕曰："景廉身膺边寄，职守攸关，何得擅自起程？且新疆见当多事之秋，防剿均关紧要。该大臣借病推诿，径行离任，谓非规避取巧，其谁信之？着即革职，发往都兴阿军营，听候差委。"

四年，以统兵防剿有功，得旨，以四品京堂补用，并赏戴花翎。五年，赏头等侍卫，充哈密帮办大臣。六年，督总兵张玉春、副将范如松等军驻甘州，疏请敕拨饷银，制办军械。得旨，命克期出关。

七年正月，至玉门。时肃州回匪窜安西州三四道沟，檄张玉春击走之。景廉以哈密兵燹之余，户口凋零，商贾裹足，军食所仰，惟安西、敦煌、玉门三州县，而肃逆窥伺久，脱有失，则哈密成孤注，新疆门户愈危，疏请暂留后路，布置防守挽运。允之。遂拨营先赴哈密塔尔纳沁城屯防。闰四月，军次安西。五月，张玉春迎剿回逆于车毂辘坝[①]，追至小宛，皆捷。

时哈密两为贼所陷，汉城久圮，官舍民庐皆尽，不可守。景廉乃驻军蔡巴什湖一带，开屯田五千亩于塔尔纳沁城，收集哈密

① 车毂辘坝：原文作"车辘毂坝"，本处改。

饥卒，以营官孔才领之。命安西、敦煌、玉门农民各筑寨堡御贼，以安秋获。于要路筑空心墩台，贼至则举禾稼之露积者、畜牧之在野者，悉纳其中。七月，肃逆犯敦煌，为办事大臣文麟所败，复回窜。景廉令副将蒋富山邀击于南乾沟，张玉春设伏三水梁，皆大捷，逐北四十余里，有旨嘉奖。八月，肃逆窜十工废堡，张玉春等击歼之。时关外三州县惟敦煌少完善，出产较丰，官军养命之源，亦逆匪垂涎之地。景廉自督队镇抚之，留张玉春统两营驻安西，督催转运。

八年四月，疏陈安、敦、玉三州县捐输军粮、分设粮台转运章程，报闻。六月，西宁、河州回匪出关，扰玉门赤金堡、安西黑河桥。布隆吉尔、景廉亲督马步赴援，贼惊遁。七月，抵哈密任，仍令张玉春守安西。八月，乌鲁木齐、吐鲁番回酋妥得璘、苏化保等纠汉回万余人，围犯哈密，营于沙枣泉，先遣二千窜三堡。孔才、蒋富山、张炘败贼于二堡，统领魏忠义、赵万海设伏草湖，西安奔之贼[1]，亦大败之。

九年，奇台南山民团勇目马进福、张著，龙口山民团勇目邓生玉，迪化石梯子山民团勇目徐学功等，绕道至哈密投效。景廉等给银，令制农器，各屯田其乡，立为定西、镇西营。

① 西安奔之贼：台北故宫博物院藏《景廉列传》（档号：故传005144）、《清国史》之景廉传（第10册，第685页）、《清史列传》之景廉传（第14册，第4161页），皆作“要西奔之贼”，当是。

十年四月，乌鲁木齐逆酋马仲诡词乞降，怕夏亦愿孝顺[①]，经提督成禄派员招抚之。上以马仲、怕夏情形叵测，命文麟、景廉等严密防维，不可稍涉大意，致为所绐。寻疏言："马仲反覆，怕夏诡谲，抚局断不足恃。且怕夏已赴南路，恐将添调回兵，意图东犯。惟有督饬各营严密防范，以免疏虞。"

时俄罗斯国以兵克我伊犁，言将赴乌鲁木齐，并图收复。七月，上命署将军荣全驰赴伊犁，妥筹布置，诏景廉酌带兵勇，规复乌鲁木齐，先事图功，勿落后着。又敕户部迅拨有着之款，接济荣全、景廉所部饷需。九月，疏言："乌鲁木齐为逆回老巢，阜康亦为贼踞，势成犄角。又有南路踞吐鲁番之安集延，与乌回旋离旋合，缓之则蛮触交争，急之则辅车相救。窃以为进攻乌城，必须兵威壮盛。臣所部靖边马步六营，除驻安西三营外，哈密止有马步三营。臣刻即檄调张玉春带后路三营驰赴哈密，由巴里坤西进。仍咨会巴里坤镇总兵何琯，选绿营精兵三百名，并调牧厂官马随同进攻。统计兵勇三千余名。哈密、乌鲁木齐十余站，处处通吐鲁番。大兵西进，沿途分兵守隘，免致扰我后路，腹背受敌，则此三千余众，分守尚形单薄，进攻坚城，恐难得力。尤须重兵屯奇、古，扼贼要害，方可为规复乌城之计。至于奇、古户勇，业隶文麟威仪营，交孔才管带，人数多寡及分扎何处，臣未深悉。闻其人犷悍难制，孔才系济木萨人，地方情形熟悉，今为

① 孝顺：台北故宫博物院藏《景廉列传》（档号：故传005144）、《清国史》之景廉传（第10册，第685页）、《清史列传》之景廉传（第14册，第4161页），皆作"效顺"。当作"效顺"。

该营统领。臣商同文麟，令孔才驰赴西路，调齐镇西路定西各营，会集奇、古一带，训练听调。师行粮随，尤关紧要。哈密军粮支绌，兵勇肘见踵决，边塞霜雪已降，转瞬严寒，若不发给饷银，稍置衣履，冻毙逃溃，在所不免。西征粮台准拨银十万两，关内甘、凉道梗，一时断难解到，恳敕户部续拨银十万两，迅解察哈尔，由臣派员迎提。尚恐缓不济急，先行派员赴乌里雅苏台、科布多，各借拨银二万两。并乌梁海等处购买健驼牛羊，利转运而资口食。至巴里坤户民稀少，种田无几，复鲜盖藏，奇、古一带山内，纵有户民耕种，收获恐亦不多，能否采买粮石供支大军，见拟派员分赴查看。前任布伦托海帮办大臣锡纶，曾随任乌鲁木齐、古城数年，情形熟悉，前在奇、古带兵，极为奋勇，请敕赴营相助为理。”奏入，诏如所请，授景廉乌鲁木齐都统，锡纶哈密帮办大臣。

寻以关内外贼势交讧，道路梗阻，运送军饷恐有疏失，请将四川、湖北、陕西月饷解至察哈尔，转解军营。又言：“大兵进驻奇、古，粮匮可忧，屯田断不可缓。拟采买粮千余石，以备屯田。至乌鲁木齐户民，流寓敦煌者甚多，见令愿回原籍者，准随营西进，官给牛具籽种，俾资生业。其精壮拣选入营，边人夙耐勤劳，训练即成劲旅，亦寓兵于农之计。”报闻。十月，督军至巴里坤。

十一年正月，令营官金永清带右营驻古城，经理屯田。以济木萨迪南大河口一路山势险峻，通迪化、吐鲁番，为贼往来孔道，调军驻之。又令提督张玉春会同孔才办理防剿屯垦，改徐学功等团勇五营为振武中、左、右、前、后营，与靖边马步六营，均张玉春统之。定西中、左、右三营及定西亲军马队，孔才统之。四月，疏陈兵粮不足，请由口北、归绥两道运解粟米，以资军食。从之。

五月，张玉春所部西路委员桂洪元等违令轻进，至古牧地，安集延袭之，营官马兴业、沈廷秀、唐汉云等阵亡。景廉饬靖边左营驰赴古城助守，劾张玉春轻率任性，摘去顶翎，责令立功自效。

九月，疏言："乌城贼势孔炽，必须两路夹击，庶易得手。今西路仅赵兴体等团勇三营，分地驻扎，无大员统率，人心不免涣散。荣全远在塔城，虽屡奉谕旨，令派兵会合沙山子民团进攻玛纳斯，无如兵力甚单，一时不能前进。闻布伦托海聚集难民甚多，半由棍噶扎拉参营中遣撤，久经战阵，若有大员督带，既可夹击乌垣，且杜俄人东犯之路。锡纶曾任布伦托海帮办大臣，驻科布多二年有余，西路地势人情最熟，拟令驰赴布伦托海查看情形，招募民勇，且屯且战，遥为东路声援。"上以所筹尚妥，如所请行。

十一月，疏言："大兵西进，异常艰苦，各统领抚绥得宜，应示激劝。民团徐学功等屡挫贼氛，尤宜设法鼓励。请于乌鲁木齐提属各营缺之虚悬者，权令营中劳绩员弁暂行署理，稍资鼓舞。"允之。十二月，疏报孔才滋泥泉之捷，上勖以激励将士，迅图进取。

十二年正月，穆宗毅皇帝亲政，景廉条上六事："崇圣学，开言路，慎选牧令，简练军实，禁种罂粟以重农事，宣讲《圣谕广训》以杜异端。”上留览焉。四月，军次古城。六月，陕回白彦虎纠西宁贼万余，出关扰敦煌，图西窜。古城孤军四面受敌，近无援应。上允景廉之请，诏前任乌里雅苏台将军金顺兼程赴古城助之。

时玛纳斯回酋妥得璘病死，古牧地回目马明为安集延所虏，二城回众皆投安集延。安夷遂扰南山，窥沙山子。营总依勒和布率骑往，偕徐学功击之，连捷于沙枣园。七月，白彦虎破马莲井营堡，掠塔尔纳沁城，围哈密，官军迎剿失利，遂分扰巴里坤。景廉令黑龙江副都统吉尔洪额、巴里坤领队大臣沙克都林扎布援之。八月，解哈密围。又败贼于南湖，贼西遁。十月，贼窜唐朝渠，徐学功以计斩首逆石泷塔。十一月，白彦虎等入玛纳斯，扰济木萨台路。景廉令孔才赴三台追剿，并以古城戒严，请敕金顺速进，署伊犁将军荣全、副都统孝顺率所部与锡纶会合进剿。上悉从之。又谕曰：“兵机旦夕异宜，办理尤贵迅速。若待请旨饬行，往返稽迟，恐致贻误。嗣后景廉于就近各军，如有应行调拨之处，即由该都统调遣，以期便捷。”寻因病疏请开缺。得旨，赏假一月。

十三年三月，病甚，复请开缺。谕曰：“景廉久居边塞，为国宣劳，见在驻扎古城，防务正当吃紧，且金顺等队计已陆续出关，尤须声势联络，力图进取，以靖边陲。景廉熟悉情形，未便遽易生手，仍当顾全大局，力疾从公，勉为其难，以副委任。着再赏假两个月，在营调理。遇有紧要事件，仍当悉心经理，毋误戎机。”

四月，上以俄人久踞伊犁，意图侵越，命陕甘总督左宗棠催令出关各军迅速西进，会同景廉筹商进剿，迅将各城踞贼次第荡平，期与荣全声势联络。景廉覆疏言：“规复乌垣，宜分路进兵。臣与金顺由古牧地进取，为一路；提督张曜由天山南直取吐鲁番，为一路。约期并举，使回逆与安集延不能互援，奇正相生，或无难擒渠扫穴。第兵事旦夕千变，如机有可乘，自当激励兵勇，随时进剿，断不敢谬执前见，致失事机。惟带兵各大员权均势敌，不相统属，往往各存己见。唐九节度之师，溃于相州。其时名将郭子仪、李光弼皆在军中，而莫救其败者，则号令不专之故也。前肃州之久围不克，亦由于此。可否请旨简派知兵重臣作为统帅，使各路军营均归节制，则事权一而呼应灵，庶几易于蒇事。”

六月，白彦虎纠回酋马燕飞等犯济木萨。景廉令统领兴禄、金永清、倪敬修督队往援，屡战皆捷。贼遁回巢，寻复出扰绥来。檄徐学功等歼之于绥来三道河、白噶达、二工、呼图里克、芨芨槽等处。逆酋余小虎聚粮甘沟，亦攻破之。阵斩回酋拜林、金尚保，焚其粮。

七月，授钦差大臣，督办新疆军务。九月，疏陈军务机宜及需粮需饷情形：

“一、宜分路进兵也。回逆分踞乌垣各城，相为犄角，陕回助虐，逆焰更张。复与吐鲁番之安集延狼狈为奸，情尤叵测。闻该逆终日操练兵马，屯积粮草，将来官军进剿，必将极力抗拒，彼此互援。及势蹙情急，则句结安集延，由南山绕路，乘虚侵犯古、济、巴、哈，牵缀我师。是以臣前奏请会同金顺，由古城进兵，直取古牧地；张曜由天山南直取吐鲁番；添派大员赴沙山，会合沙克都林扎布、锡纶等，直取玛纳斯。同时并举，使各城踞逆自顾不遑，不能互相救应。而又酌留兵勇防守古城，以固根本，为巴、哈两城屏蔽。且有张曜一军进攻南路，更可无内顾之忧。至西湖为回逆西窜之路，兵力较单，请敕凉州副都统额尔庆额率所部，会孝顺、福洙哩等，合力防剿，亦可进逼玛纳斯。又，乌鲁木齐南有喀喇巴尔噶逊城，为通吐鲁番大路，若官军先拔此城，使安夷、回逆隔绝不通，实拊背扼吭之奇计。特该处有缠头踞守，必兵力稍厚，始能分拨前往。臣军除营扎西路振武八营外，马步队仅三十余营，无论由古城进兵，三台、阜康等处，均须节节扎营，以通粮路。将来克一城、守一城，不敷分布。且所部随征多年，病故伤亡，就地无从募补，自应由关内添募。当此粮饷支绌之时，诸多掣肘，容臣随时斟酌办理。刻下只有就见在兵力，俟金顺到营，妥筹进剿，以期无误戎机。

“一、军粮宜由关内转运也。关外哈密、巴里坤、奇台、古城、济木萨等处，幅员狭小，半皆戈壁，产粮本属无多，兵燹之后，断不能供支大军口食。伏查乾隆中平定新疆，所有口粮，均由关内采买，关外各城安设粮台，节节递运，陕甘督臣总司其事，以故呼应较灵。可否援照成案，请敕陕甘督臣总司后路粮台，分派委员，在甘、凉一带广为采买，源源接济。仍委司道大员驻扎肃州，督催转运。由关内至哈密，可用车挽运。哈密西至古城，山路崎岖，须用驼只。闻左宗棠前曾办就车驼各数千，为将来运粮之需。既有此项车驼分拨关内外，粮台转运，似尚不难。如不敷用，或雇觅商驼户车，一半运送官粮，一半准令携带私货，免其纳税，则众情踊跃。且借以招徕商贾，流通百货，粮运无阻，不第见驻各营得以果腹，即添募兵勇亦足资饱腾矣。

"一、军饷宜筹巨款也。臣前因饷需十分支绌，奏请由部酌拨有着之款，准部咨称，前拨专饷，每月八万两，并新疆月饷内应分一半饷银，均系有着之款。已请旨敕催各省督抚，按月解交军营应用。乃各省督抚于新疆军饷，不啻如秦人视越人之肥瘠，漠不关心。委员分往催提，每次仅拨银一二万或数千两，而长途跋涉，及至解到，为期已近一年，杯水车薪，缓不济急。计自十二年三月，迄今一年有余，四川等省筹拨专款，仅解到银十一万余两，不过十分之一，积欠至百余万之多。古城诸物腾贵，迥殊内地。且沙碛早寒，兵勇衣履、齑盐之需，万不可少。望饷实同望岁。臣纵极力拊循，空言无补，众情觖望，情势岌岌可危。恳恩敕下户部，先拨部库银六十万两，以济急需。仍严催各省，将欠饷扫数拨解，以后月清月款，毋得蒂欠，俾免停兵待饷。

"一、宜速筹运脚也。进兵在即，军火、口粮均宜随时转运。若能迅克古牧地，则因粮于贼，固属甚善。倘稍羁时日，顿兵坚城之下，则转输必须豫筹妥协。但以臣营论，往返运送，须驼二千余只，见仅存三百余。委员赴乌里雅苏台、库伦采买，均以缺乏，无可购办。查蒙古素产驼只，纵差役纷繁，各营时复采办，而蒙古王公殷富者多，断不致如此窘迫。诚恐办理不善，或致疑虑观望。请敕理藩院转咨管辖内外盟蒙古将军、大臣，传知蒙古王公，转饬各爱曼，随时出售，不准委员稍有抑勒，则数千驼只不难猝办。”

又言：“奇台、古城、济木萨等处，地土虽不甚广，尚堪种植。若能尽力耕作，军食未始无裨。奈户口流亡殆尽，近年设法招徕数百户，而余田尚多荒芜。军营设立官屯，自属善政。惟征兵与驻防不同，平时操练，遇警出队，力难兼顾。且耕牛、农具，筹画维艰，以故每年官屯仅能拨种三四百石。以后大兵云集，但使本地多筹一分口食，即内地节省一分转运。将来办理善后，亦以招垦为第一急务。无如西路流民孑遗无几，安、敦、玉地方叠遭蹂躏，百姓亦多逃亡，莫由招集。查雍正三年，曾由甘肃所属州县，迁移户民二千四百余户于敦煌。以故该县承平时，较安、玉两城，人烟倍形稠密。可否仿照成案，由甘肃各州县迁移百姓一千户，分居奇、古等处，以实边地。由官发给盘费、牛具、籽种，于明春到古，则耕作尚不致后时。第关内户民能否迁移，不敢遥度。请敕陕甘督臣酌夺情形，妥筹办理。”

光绪元年三月，授正白旗汉军都统，命将兵勇粮饷移交金顺接管，回京供职。九月，授都察院左都御史。十月，赐紫禁城骑马。二年正月，兼署步军统领。二月，兼署正白旗蒙古都统、工部尚书。三月，命在军机大臣上学习行走。五月，充教习庶吉士。七月，充崇文门副监督，复署工部尚书。十月，兼署正红旗满洲都统，命在总理各国事务衙门行走。

三年正月，命在军机大臣上行走，迁工部尚书，管理火药局事务。二月，兼署正蓝旗蒙古都统。四月，充翻译会试副考官。十二月，兼署镶红旗汉军都统。

四年二月，回疆肃清，上以军机大臣赞襄军务，夙夜宣勤，下部优叙。是岁，畿辅旱，上降旨悔过省愆，切责军机大臣等目击时艰，毫无补救，交该衙门严加议处。寻议革职。得旨，改为革职留任。三月，署户部尚书，充管理新旧营房大臣。五月，调户部尚书。七月，管理三库事务。八月，兼署工部尚书。十二月，充国史馆总裁。

五年正月，京察，上以景廉等同心翊赞，共矢公忠，开复革职留任处分。二月，兼署吏部尚书。三月，穆宗毅皇帝、孝哲毅皇后梓宫永远奉安惠陵，景廉随入地宫，赏加二级。

六年三月，充会试正考官。十一月[①]，[充]经筵讲官。七年四月，充前引大臣。七月，《穆宗毅皇帝本纪》告成，下部议叙。十二月，赐服带膆貂褂。

八年正月，京察，有旨："交部议叙。"八月，御史洪良品劾景廉及户部侍郎王文韶于云南报销一案受赂巨万，上命惇亲王、尚书翁同龢饬传洪良品详加讯问，务得确据。寻洪良品供称得自风闻，无凭指实。有旨："派尚书麟书、潘祖荫彻底根究。"嗣复

① 清国史馆其他各版《景廉列传》均作"十二月"。《清德宗实录》卷一二五载：光绪六年（1880）十二月丁巳，"命户部尚书景廉、吏部左侍郎乌拉喜崇阿充经筵讲官"。

命惇亲王，尚书阎敬铭、潘祖荫、张之万、麟书、翁同龢，侍郎薛允升会同查办。九年五月，惇亲王等讯明覆奏。谕曰："此案牵涉景廉、王文韶一节，见经讯明，实无关说馈送及分用此款情事。惟见在军务已平，该省军需报销与年例报销，仍前并案办理，该尚书等未经查出，实属疏忽。且于司员孙家穆等并保列一等之员外郎福趾得赃，均无觉察，亦难辞咎。景廉着交部议处。"寻降二级调用，命仍在军机大臣、总理各国事务大臣上行走。七月，授内阁学士，兼礼部侍郎衔。九月，迁吏部左侍郎。十一月，擢兵部尚书。十二月，充经筵讲官。

十年三月，谕曰："钦奉慈禧端佑康颐昭豫庄诚皇太后懿旨：见值国家元气未充，时艰犹巨，政虞丛脞，民未敉安，内外事务，必须得人而理。而军机处实为内外用人行政之枢纽，恭亲王奕䜣等始尚小心匡弼，继则委蛇保荣，近年爵禄日崇，因循日甚，每于朝廷振作求治之意，谬执成见，不肯实力奉行。屡经言者论列，或目为壅蔽，或劾其委靡，或谓簠簋不饬，或谓昧于知人。本朝家法綦严，若谓其如前代之窃权乱政，不惟居心所不敢，亦实法律所不容。只以上数端，贻误已非浅鲜。兵部尚书景廉，只能循分供职，经济非其所长，着开去一切差使，降二级调用。"

十一年四月，复授内阁学士，兼礼部侍郎衔。八月，署镶蓝旗蒙古副都统。

景廉自跻卿贰以来，充进士朝考阅卷大臣二次，顺天乡试覆试阅卷大臣、翻译乡试覆试阅卷大臣、会试覆试阅卷大臣、殿试读卷官、庶吉士散馆阅卷大臣各一次。寻卒。十五年正月，慈禧端佑康颐昭豫庄诚皇太后归政，以景廉前充军机大臣，夙夜在公，襄成郅治，命赐祭一坛。

子治麟，光绪三年进士，国子监司业，入《孝友传》。

景廉列传*

景廉，颜扎氏，满洲正黄旗人。父彦德，绥远城将军，自有传。

景廉，咸丰二年进士，改翰林院庶吉士。三年四月，散馆，授编修。九月，升侍讲。十二月，充国史馆协修、文渊阁校理。四年五月，充日讲起居注官。十二月，升侍讲学士。五年四月，擢内阁学士，兼礼部侍郎衔。五月，充福建乡试正考官。六年六月，授镶白旗蒙古副都统。十月，充玉牒馆副总裁。七年正月，授工部右侍郎，兼管钱法堂事务。三月，管理火药局事务。十一月，命赐奠朝鲜。八年六月，调补镶红旗满洲副都统。七月，充顺天乡试监临。九月，兼署正蓝旗满洲副都统。

九年二月，调补刑部右侍郎。三月，兼署吏部右侍郎。十月，授伊犁参赞大臣。十年四月，抵伊犁。故事，哈萨克贸易事讫即出境。后以商货壖粥，许留两三人，守以度岁。支穹庐于西门外，树木栅防暴客而已。比渐筑室，易栅而垣。景廉以为患伏肘腋，渐不可长，乃疏请以便宜毁之。吏贪猾蠹民者，以时劾罢，边圉大治。时塔尔巴哈台参赞大臣以滥保异姓台吉

* 见台北故宫博物院藏："景廉传包"，档号：故传009500-05。

冒袭哈萨克汗爵，为人所论，命景廉往鞫，具得其驼马章京纳贿情事，论如律。

十一年，阿克苏办事大臣绵性及叶尔羌参赞大臣英蕴先后以私设盐课、派回民银钱被劾，复命景廉驰查。咸据实以闻，降革有差。

同治元年四月，调叶尔羌参赞大臣。其地为南路八城之表，汉回杂处。景廉至，则疏请将历年征收税务酌量裁减，详立章程。二年，复奏请停止巴尔楚克过路税课，八城以安。三年，因病陈请开缺调理，不待命遽行入关。诏革职，发往都兴阿军营，听候差委。

四年四月，抵宁夏，将军都兴阿委充总理前敌粮台营务。十月，已革安徽巡抚翁同书卒于花马池军中，诏代领其众，以防后路。屡著战功，饷道无梗。得旨，以四品京堂补用，并赏戴花翎。

五年，赏头等侍卫，充哈密帮办大臣。六年正月，宁夏将军穆图善奏请留营襄赞军事，上不许，谕令克期出关。十二月，募勇，得千余人，骑不满百，军装、器械略备，粮仅支二十日，以记名总兵张玉春为统领，副将蒋富山、范如松、都司金永清副之。道金塔堡而西，日行冰雪中。

七年正月，至玉门，侦知肃州回匪三百余骑，沿南山西窜，遣张玉春败之黄花营，又败其大股于安西州之三四道沟。景廉以哈密辖境辽阔，兵燹之余，户口凋耗，商旅裹足，军食所仰，惟安西、玉门、敦煌三州县，敦煌尤完富，地迫近关门，甘肃、新疆之咽喉也，而肃逆窥伺久，时来侵扰，脱有失，则哈密运断，而新疆门户益危，乃与办事大臣文麟会奏，请分地防守。文麟先赴哈密，景廉暂驻后路，督防剿，且顾运道。于是以大营屯敦煌，躬相要害，完城浚濠，选狭路筑空心墩台，以卫露粮、畜牧。守具既备，复督绅民办商团、民练，与官军相倚辅。士民商贾皆以为便，安西、玉门亦仿行之。景廉时率小队履行校验，肃逆数来犯，一败之车毂辘坝[①]，再败之南乾沟、三水梁沟，三败之十工废堡。而西宁、河州回逆之扰赤金堡者，亦望旗惊溃。于是，牵制、虏掠之计皆无所施，益稀复西窜矣。景廉乃大料三州县土著，得上、中、下三千余户，以等差令捐粟麦。民亦喜官军能为捍寇，乐于输挽，凡得杂粮数万石。量道里，设粮台，置转运局，以馈哈密。部署大定。

八年七月，抵哈密任，以汉城残破，筑垒蔡巴什湖，与文麟营相倚。八月，乌鲁木齐回酋妥得璘结吐鲁番、玛纳斯各种落万八千骑，东寇哈密，潜约哈密回王为内应。回王素骙，其母福晋以贼书呈官军，景廉遣使奖慰，并助以兵，使坚守，而遣将先据要隘，设伏以待。贼至，大败之。追奔至瞭墩，斩千七百余人，获骡马、器械无算。

十年八月，俄罗斯侵伊犁，言将赴乌鲁木齐，并图收复。上

① “车毂辘坝”，本传及朱丝栏本《景廉列传》（档号：故殿007477）皆作“车辘毂坝”。清史馆本《景廉列传》（档号：故传007670）、“行状”“神道碑”均作“车毂辘坝”。林竞《蒙新甘宁考察记》载：“早发小宛驿，西微偏南行。二十里，过皇渠一道（水自北苏濑河引来），即为车毂辘坝。”（甘肃人民出版社，2003年，第131页）综合林竞的载述、下文之“行状”，该地名应是“车毂辘坝”。

命景廉进规乌鲁木齐。十月，授乌鲁木齐都统。十一年正月，抵巴里坤，据形势，立坚垒，设屯田，为久驻计。又以兵力单，仍整阅民团，如其在敦煌时。抚慰豪帅赵兴体等，奖以银物，皆愿为之死。回酋马明尤狡桀，屡以乞降误官军；妥得璘亦猾谲，数阴使人通西宁及古牧地回，约期同举。景廉侦知之，阴为之备。先后擒斩回目马三、马四、杨伏先等，大败援贼于滋泥泉。俄人挟蒙古、哈萨克入境，求互市。景廉以军事未平，却之。

十二年正月，穆宗毅皇帝亲政。景廉上疏，陈六事："曰崇圣学，曰开言路，曰重牧令，曰简军实，曰劝农事，曰弭异端。"皆剀切中时要。二月，请于蒙古买战马、耕牛各千，及筹台站事宜，上悉从之。四月，抵古城。景廉躬赴济木萨，行视营地。以其地厄〔扼〕南山之冲，北与乌鲁木齐、南与吐鲁番犬牙相错，乌属回与安集延时合时离，候俟官军，深虑绕后路阻运道。先分屯两营木垒河侧，又以地肥膮宜稼，而大军久驻，馈运劳远，时时忧乏食，乃大兴屯田。表奇台、古城、济木萨、木垒河，良田方数百里，招流民，料军士，计口受亩，择将弁朴勤晓农事者领之。且耕且防，以其暇阅操行军，略依古军屯法损益之，务在便民。又开官钱铺，招商贾，以通懋迁。立车局、驼厂，以资转运。建水磨碓，以省农力。是秋，岁大熟，官屯积谷万余石，民间自倍，复增价粜之。乃设台站，自古城以东，北至科布多，西自巴里坤至于木垒河，皆平行无梗滞。即奏停归绥、口北粮运，所省费不可胜计。而军食饶给，兵势沛然矣。经营不一年，屹然成重镇。

贼气慑，皆诡辞乞降。景廉以兵力未厚，姑羁縻之，益遣间谍深入西南贼中，觇其部落离合曲折情伪。当是时，陕甘回寇以次荡平，余得脱者迸窜出关，而白彦虎为之魁，合西宁回万余骑，皆百战之余，又穷寇，愭不知畏死，直西将奔乌鲁木齐，所过蹂躏，官军莫能当。进围哈密，悉掳塔尔纳沁积蓄，破回城，据之。由〔游〕骑越天山，至巴里坤，势张甚。

文麟不能御，告急于景廉，而安集延酋帕夏复与马明纠西南各种落，围徐学功于沙山，与白彦虎遥相响应。景廉以孤军驻古城，四面皆寇，将士震惧，亟请敕前乌里雅苏台将军金顺、署伊犁将军荣全、副都统孝顺率所部，与哈密帮办大臣锡纶会剿，允之。并谕，景廉嗣后于就近各军如有应行调拨之处，即由该都统调遣，以期便捷。景廉乃令营总依勒和布率精骑，会徐学功军，并击帕夏于沙枣园。帕夏败，遁去。又遣黑龙江副都统吉尔洪额等援哈密、巴里坤，先以粮三千余石饷两城，令坚守待救。吉尔洪额既度天山，则大喜曰："白彦虎不以重兵厄〔扼〕天山，令我得过，吾知其无能为也。"遂结方阵，鼓行而东。比至，与城中相闻，围中知救至，皆振奋，选壮士开门出，内外夹击，大破之。白彦虎败入回城，掳回王及辎重，走南湖老巢。官军乘胜追北，又大破之，拔南湖。白彦虎率余众西窜。十月，白彦虎至唐朝渠，将入玛纳斯。景廉遣徐学功追之。徐学功率劲骑四百，伪为玛纳斯迎白彦虎者，白彦虎不之觉，握手相劳。至三道厂，前临大河，伏兵从后发。白彦虎惊，以数十骑走免，余悉歼焉。捷入，优诏劳勉，并奖徐学功。学功者，本乌鲁木齐农家子，沉勇有智略。军兴，集乡团自卫。初从帕夏、妥得璘。景廉招降之，奇其材，推心委用，竟得其死力焉。

十三年正月，白彦虎复率党东犯。景廉遣统领兴禄等败之于西泉，斩其目五人，皆西宁、河州巨酋也。白彦虎仍走免，然其焰益衰矣。三月，因病疏请开缺。得旨："赏假两月，在营调理，遇有紧要事件，仍当悉心经理，勿误戎机。"并命陕甘总督左宗棠催令出关各军迅速西进，会同景廉筹商进剿，迅将各城踞贼次第荡平。六月，白彦虎纠回酋马燕飞等，以数千骑犯济木萨，谋扰我屯田，使不得收获。景廉遣兴禄等大破之，斩酋目拜林、金尚保于阵，焚其粮。

七月，授钦差大臣，督办新疆军务。景廉既受任，则统筹全局，为一劳永逸之计。奏请自与帮办大臣金顺由古城直取古牧地，为一路；令提督张曜出天山，南略吐鲁番，为一路；别派大员赴沙山，会巴里坤领队大臣沙克都林札布、哈密帮办大臣锡纶等，取玛纳斯，为一路。三道齐举，使贼不相顾。而以重兵屯奇台、古城为根本，且屏蔽哈、巴。复遣奇兵潜袭喀喇巴尔噶逊城，以扼其吭。并请谕左宗棠委司道大员驻肃州，督粮运，移甘肃民千户，实奇、古屯田。益市蒙古驼马，以速转输。诏如其请行。

光绪元年，授正白旗汉军都统，命将兵勇粮饷移交金顺接管，回京供职。九月，补都察院左都御史。十月，赐紫禁城内骑马。二年正月，署步军统领，兼署正白旗蒙古都统。三月，命在军机大臣上学习行走。五月，充教习庶吉士。七月，充崇文门副监督，署工部尚书。十月，署正红旗满洲都统，充总理各国事务大臣。

三年正月，命在军机大臣上行走，补授工部尚书，管理火药局事务。二月，署正蓝旗蒙古都统。四月，充翻译会试副考官。十二月，署厢〔镶〕红旗汉军都统。

四年二月，回疆肃清，上以军机大臣赞襄军务，夙夜宣勤，下部优叙。是岁，畿辅旱，上降旨悔过省愆，切责军机大臣等目击时艰，毫无补救，交该衙门严加议处。寻议革职。得旨，加恩改为革职留任。五月，调户部尚书。七月，管理户部三库事务。八月，兼署工部尚书。十二月，充国史馆总裁。

五年正月，京察，上以景廉等同心翊赞，共矢公忠，开复革职留任处分。二月，兼署吏部尚书。六年三月，充会试正考官。十二月，充经筵讲官。七年四月，充前引大臣。七月，《穆宗毅皇帝本纪》告成，下部优叙。十二月，赏穿带膆貂褂。

九年，以云南报销一案，司员、书吏收受津贴银两，景廉曾将纳贿之属员京察保列一等，奉旨交部议处。寻照部议，降二级调用，命仍在军机大臣上、总理各国事务大臣上行走。七月，补内阁学士，兼礼部侍郎衔。九月，迁吏部左侍郎。十一月，授兵部尚书。十二月，充经筵讲官。

十年三月，谕曰："钦奉慈禧端佑康颐昭豫庄诚皇太后懿旨：现值国家元气未充，时艰犹巨，政虞丛脞，民未敉安，内外事务必须得人而理。而军机处实为内外用人、行政之枢纽，恭亲王奕䜣等始尚小心匡弼，继则委蛇保荣，近年爵禄日崇，因循日甚，每于朝廷振作求治之意，谬执成见，不肯实力奉行。屡经言者论列，或目为壅蔽，或劾其委靡，或谓簠簋不饬，或谓昧于知人。本朝家法綦严，若谓其如前代之窃权乱政，不惟居心所不敢，亦实法律所不容。只以上数端，贻误已非浅鲜。兵部尚书景廉，只能循分供职，经济非其所长。着开去一切差使，降二级调用。”

十一年四月，复补内阁学士，兼礼部侍郎衔。八月，署镶蓝旗蒙古副都统。历充朝考阅卷、殿试读卷、庶吉士散馆、各省乡试覆试阅卷大臣。是月卒。

十五年正月，慈禧端佑康颐昭豫庄诚皇太后归政，以景廉前充军机大臣，夙夜在公，襄成郅治，赐祭一坛。二十八年，伊犁将军长庚、新疆巡抚饶应祺奏：“已故前乌鲁木齐都统、督办新疆军务大臣景廉，功绩卓著，遗爱在民，恳追复原官，并将生平事迹宣付史馆立传，准在新疆捐建专祠。”得旨允行。

子治麟，光绪三年进士，国子监司业，入《孝友传》。

景廉列传*

景廉，自〔字〕秋坪，姓颜扎氏，隶满洲正黄旗。五世祖喀尔吉善，官前锋统领。雍正中，以副将军出师西藏，凯旋，授内大臣。曾祖长生，官头等侍卫。祖和英额，官头等侍卫。父彦德，官绥远城将军。

景廉生时，天大雷雨，啼声远振，四乳生〔平〕列，识者知为国器。幼沉毅厚重，好读书。道光十九年，选拔贡生。咸丰元年举人，二年成进士，改庶吉士。散馆，授编修，五迁至内阁学士，兼礼部侍郎衔。逾释褐，不及六年。

五年，充福建乡试正考官。七年，擢工部右侍郎，兼管钱法堂。时炉匠为奸利，钱浸轻小。景廉杖其首事，弊遂革。十一月，赐奠朝鲜，景廉严体制，绝苴苞，途中赋诗，皆寓意抚绥，藩属得大臣体。

八年，英人至天津，上召见，问今所使者能任事否。景廉奏曰："其人懦弱，恐辱国。"上不悦。已而果然，以景廉有先识，益眷注，有大用意。时天津事日急，命带兵二百五十名巡守汛地。景廉捡精壮，激以大义，有泣下者。

---

* 民国清史馆本，台北故宫博物院藏，档号：故传007670。

[九年]十月，授伊犁参赞大臣。上召见曰："汝年尚壮，须历练，边疆重寄，非左迁也。"又谕曰："奏疏以明白晓畅为要。比言〔年〕伊犁言事，率艰深其词，且杂以四六工对，将军扎拉芬泰不能文，任幕友为之耳。汝到任后，须自属稿。"景廉自是凡疏章不假人手。

故事，哈萨克贸易事讫，即出境。后以商货滞鬻，许留二三人，守以度岁。后渐筑室。将军初议毁之，惑于谗口，中止，且许为请命于朝。时已成屋三百余间，周二里许矣。景廉谓患伏肘腋，猝发不可制，毁之便。将军不欲失信，报不可。会将军卒，景廉摄任，乃疏陈利害，请以便宜先行平毁之。或怵以势重，恐激变，景廉不为动。又请候旨，景廉曰："圣明在上，理无不允。"卒毁之。诏下，如所请，众乃叹服。旋命景廉往鞫塔尔巴哈台参赞大臣英秀滥保异姓台吉冒袭哈萨克汗事，得前驼马章京纳贿、愚弄长官情弊，论如律。

十一年八月，以阿克苏办事大臣绵性改征回赋、私设盐课，复命景廉往讯。遂轻骑取道冰岭，路奇险。得实，绵性褫职遣戍。十一月，奉旨鞫叶尔羌参赞大臣英缊奇敛擅杀回民狱。景廉讯之，成信谳，英蕴等革降有差。

[同治元年]七月[①]，调叶尔羌参赞大臣。其城为南路八城之责〔表〕，汉回杂处，逆首倭里罕及邪黑阿浑逆裔往往潜踪各城，以

---

① 七月：《清穆宗实录》卷二五载，同治元年四月壬申（二十日），"调伊犁参赞大臣景廉为叶尔羌参赞大臣"。以上二篇《景廉列传》载述正确，本传及下文《清史稿》景廉传、"行状"、"神道碑"皆误。

图煽惑。喀什噶尔境内，安集延常入边滋扰，而俄人复于西南徼往来窥伺，哈萨克、布鲁特各部落多贰于俄。景廉筹饷练兵，稽查抚辑，皆持以镇静，八城以安。陕甘绿营兵久不换防，诇知回情贪而愚，每以重利盘剥，倾其产。景廉严禁之，人心大悦。去官之日，男妇数千相率哭于玛札尔。玛札尔者，回部栖神之所，有急难则祷之，盖欲神止景廉之行也。其得回众心如此。

同治二年，景廉以病乞休。同官中以事，遂落职，遣往宁夏军营效力。将军都兴阿檄参戎幕。适安徽巡抚翁同书卒于军，复檄景廉代领其众，防剿后路，屡著战功。

五年，授头等侍卫，充哈密帮办大臣。募勇得千余人，骑不满百，备粮仅足二十日。时值隆冬，士不能饱，宿日行冰雪中，僵卧相属。景廉勉以忠义，数下马步行，为之先。夜支单帐，然马矢，席地坐，时出抚循，以是兵心团结。

七年正月，会哈密办事大臣文麟于玉门。闻肃州贼三百余骑沿南山西窜，景廉令记名总兵张玉春率兵败之于黄花营。月杪，贼众数千扰安西州属三四道沟，景廉飞檄安西严防，令张玉春督队往剿。大胜，贼委驼马旗帜遁。景廉以安西、玉门、敦煌，贼久已觊觎，脱有失，则哈密竟成孤注，而新疆之门户危矣，巴里坤虽天险可守，然力单不足倚，疏请驻后路，布置防务挽运。得旨报可。

四月，抵安西。肃州贼数百骑扰玉门之黄花营、杨家庄，旋窜至安西双塔堡、四五道沟、清水泉。景廉派兵追剿，迭有斩获，贼不得逞。五月，复扰双塔堡。令张玉春马队迎击，败之于车毂辘坝。援贼突至，几不敌，遂退入罗家庄，偃旗息鼓。贼莫测，不敢攻。久之，大风骤起，乘势杀出，呼声震地。贼错愕，火器不及施，负创狂奔。七月，贼众逾万，扰八九工，旋入南山，扑敦煌。景廉阳令副将蒋富山邀击南乾沟，而伏劲旅于桥湾、三水梁。贼果由插花营，取道三水梁之南戈壁。张玉春夜移营，严阵以待。黎明贼至，都司金永清等当先鏖战两时许，贼氛衰而不退。张玉春率亲兵大呼陷阵，所向披靡，贼始纷纷东窜。追杀四十余里，毙贼百余名，夺旗帜器械无算、驼马三百余匹。捷闻，得旨嘉奖。

八月初，贼纠众千余，扰安西七八道沟，突至十工，就废堡驻两巢，距州城仅三十里，志在久踞。景廉令张玉富〔春〕、都司邵〔部〕得林力攻拔之，杀贼甚多。贼复直扑安西，景廉闻警，飞檄所部坚守，无浪战，令营官张腾蛟、参将雷国良伺其懈击之。设伏新店子、白家庄，要其归，别以营官向永福截其尾。贼大创，弃辎重遁。景廉谓敦煌蕃庶，当守以重兵。十月，移镇敦煌，留兵安西、玉门，以为犄角。建坚壁清野之议，完城浚壕，躬自督率，择要筑空心墩台，守具毕备。复以商团、民练辅翼官兵，隐寓保甲之法。肃州贼掳掠之计沮矣。招徕安西等处土著，得三千六百余户，劝募杂粮二万一千余石，立转运局于马莲井，官民咸称便利。与哈密办事大臣文麟会疏，得旨允行。

[八年]八月[①]，抵哈密。汉城残破，筑垒于蔡把什湖，以栖止。

---

① 上文二则《景廉列传》，均称景廉于七月抵哈密。下文之“行状”“神道碑”，皆作“八月”。

时乌鲁木齐回酋妥得璘句结吐鲁番和卓东拉葛，易替古牧地、玛纳斯伪元帅苏化保、马四等，合汉回、缠头万八千余东犯。先以游骑三百窥二堡，悍贼继之，潜约哈密回子郡王迈哈默特为内应。王素騃，其母福晋迈哩巴钮甚贤明，以逆书呈官军，誓众力守。景廉遣使奖慰，复助以兵。令蒋富山会文麟裨将孔才率兵迎击，贼败走。次日，贼复大至，官军又痛击，复胜之。连战六昼夜，毙贼千七百余名，生擒三百余名，夺获兵仗牲畜不可胜纪。上闻，奉旨嘉奖，升擢有差。

[十年]八月，奉密旨，俄人已得伊犁，将图乌鲁木齐，命景廉先后规复。即令统领孔才、徐学功等驰赴奇台、古城一带，据形势筑垒屯田以觇之。十二月，授乌鲁木齐都统。新任哈密帮办大臣锡纶奉旨襄景廉军务，景廉所密荐也。锡纶后官伊犁将军，有政绩。孔才骁勇善战，亦〈将〉一时将才也。

时古牧地伪元帅马明屡以反正杀贼饵前敌，复假贸易，分布逆党二百余于济木萨、木垒河潜伏。景廉侦知，密檄孔才、金永清等一夕歼之。又败其援师于滋泥泉，生擒贼目既住子[①]、马三、马四，玛纳斯伪总领史姓、何姓，古牧地贼首买应伏、杨伏。腹地既清，外防弭固，更以逻骑搜得关内外往复通贼书函，贼遂不得施其诡计。是年，俄人挟蒙古、哈萨克入境，竟欲通商。景廉以干戈遍地、恐致误伤却之，且以兵卫之出。终景廉任，俄人不复以通商请。

[十二年]正月，穆宗亲政，景廉以为致治在乎始基，上崇正

① 下文“行状”称其为“既往子”。

学、开言路、慎牧令、简军实、重农桑、弭异端六事，上嘉纳之。四月，移军古城。景廉遍阅形势，以其地孤立无援，必能守而后能言攻，必足食而后言守，急功近名，侥幸一时，非计之得也。于是抚恤灾黎，招徕商贾，于奇台、古城、济木萨、木垒河兴屯田，以将弁之朴勤晓农事者领之，且耕且防，暇则操演阵法。疏请以副都统吉尔洪额、领队大臣沙克都林扎布为统领、翼长有差，不三月屹然成重镇。贼大慑，以乞降款师。景连〔廉〕知其诈，然是时兵力未厚，姑羁糜〔縻〕之。选间谍深入西、南两路贼中，离合强弱之势，遂得其八九。

七月，陕回白燕虎纠西宁回逆万余，将奔乌鲁木齐，贼势枭悍，官军莫敢撄其锋。塔尔纳沁积蓄悉为所掳，破哈密回城，游骑越天山，扰巴里坤，以遏援师。两城告急，相望于道。会妥得璘死，安集延酋帕夏并伪元帅马明合乌鲁木齐、古牧地、昌吉、玛纳斯、呼图壁汉回，扑沙山子，遥应白燕虎。游击徐学功以兵单，几不能支，景廉一军搘拄其间，四无应援，急檄孔才严备齐〔济〕木萨各要隘，饬黑龙江营总依勒和布率精骑援沙山子[①]，并令吉尔洪额、沙克都林札布率营官田锡礼等援哈密。先以粮三千余石潜济两城，景廉坐镇古城，饮酒习射，故示闲暇。

七月初，依勒和布与徐学功驻沙枣园，贼以马队三千来扑。时官军仅五百骑，鏖战两日，毙贼无算，帕夏遁归吐鲁蕃，遂解沙山子之围。月秒〔杪〕，吉尔洪额等抵巴里坤，与贼连战于三塘

① 沙山子：原文作“沙子山”，此处改。

湖、大红旗沟，获胜，度天山。吉尔洪额笑曰：“不此之守，吾知无能为矣。”复败贼于哈密泥基头。官兵少结方阵，鼓行而东。白燕虎率悍贼数千，四面扑犯。大战两时许，毙贼约千余。城中闻援军至，伤痍尽起，大呼突出。贼败入回城，掳回王及其福晋，载子女、玉帛归南湖[①]老巢，留壮健婴城固守。吉尔洪额等攻破西门入，贼遁，遂拔之。余贼向西北窜，哈密、巴里坤肃清。是役也，论者谓新疆治乱一大关键也。

十月，白燕虎窜唐朝渠，将入玛纳斯。徐学功侦得贼口号，乃选精骑四百，伪为玛纳斯接应，迎之于龚家泷口，握手慰劳，贼不之疑。又诱至三道厂子，前临大河，官军从后突发。贼大惊，白燕虎引四十余骑逸去，余尽歼焉。徐学功者，乌鲁木齐[②]农家子，沉勇多智略。军兴，集乡勇自卫，或离合于妥得璘、帕夏之间，为以贼攻贼之计。景廉招之来，推诚待之，遂愿效死，至是果得其力。上其功，请破格录用。报可。众始服景廉有知人之明。十一月，景廉以忧勤致疾，殆不可支，乞解职。温旨慰留，予假一月。

十三年二月，肃州贼时出没滋泥泉、西泉等处，梗前敌粮道。饬翼长孔才、统领兴禄率劲旅进剿，败贼于西泉之西，阵斩悍贼百余，生禽逆首苏保沅、马得河、马逃香、李远、王沅，磔之。白燕虎为之气夺。三月，景廉病甚，再申前请。奉旨，予假两月，且有“力顾大局，勉为其难，用副委任”之谕。景廉强起

① 南湖：原文作“湖南”，此处改。

② 乌鲁木齐：原文作“乌木鲁齐”，此处改。

视师，不敢复言病。六月，白燕虎纠马明等数千骑犯济木萨，翼长孔才设伏歼其前锋。既贼大至，敛兵退守，夜选骁骑叠出扰之，使不得刈禾。景廉闻警，密檄兴禄率兵往援，败贼于济木萨之二工。夜，贼猛至，兴禄命息灯火，伏地不动。伺贼稍懈，突起纵击，贼骇，遂狂奔。黎明，田锡礼、同知倪敬修马队翼之，箕张而进，潜以游击杨朝胜率精骑三百绕伏贼后。酣战逾三时，兴禄、田锡礼率敢死士冲入，出其背，孔才继之。贼殊死斗，伏发乃溃，僵尸枕籍于道。追杀二十余里，振旅而还。景廉复念沙山子、上马桥逼近贼巢，令徐学功随时侦探，相机雕剿，连败贼于绥来三道河、白噶达、二工、呼图里克、芨芨墩子，率以少胜多，阵斩逆酋拜林，生擒贼目狄麻娃、金尚保，并焚毁余小虎屯粮于甘沟。小虎，燕虎巢党，亦悍贼也。

八月，授钦差大臣，督办新疆军务。景廉谓回性阴鸷，与安集延狼狈为奸，近结陕回，恶焰弥炽，当统筹全局，为一劳永逸之计。奏请帮办大臣、伊犁将军金顺取道古牧地，广东陆路提督张曜由天山南取吐鲁番，领队大臣沙克都林扎布、锡纶由沙山子取玛纳斯，三路齐举，使贼不相顾；奇台、古城为哈密、巴里坤屏蔽，檄副都统额尔庆额、孝顺、福珠哩驻西湖，防贼移逸入北路；乌鲁木齐之南喀喇巴尔噶逊俗呼为搭板城者，实通吐鲁番要路，贼以重兵守之，宜潜师攻扰，以扼其吭；并请饬陕甘总督左宗棠总司后路粮台，檄司道大员驻肃州，管转运；移甘肃民千户，实奇台、古城屯田；购蒙古内外各爱曼健驼数千只；借拨部款六十万两。疏上，悉蒙嘉纳。而忌者尼之，未竟所施。

[光绪元年]五〔三〕月，授正白旗汉军都统，召回京供职。九月，入觐，授都察院左都御史，赐紫禁城骑马。劾署兵部侍郎郭嵩焘，不报。[二年]三月，奉旨在军机大臣上学习行走。七〔十〕月，充总理各国事务大臣。二月，擢工部尚书。[①]三年正月，授军机大臣。四年二月，调户部尚书。[②]六年三月，充会试正考官。[七年]十二月，赐服带膝貂褂，叠荷御笔文绮之赉。八年六月[③]，以云南报销案属官纳贿，降二级调用，仍留军机大臣。[九年]七月，补内阁学士。九月，迁吏部左侍郎。十一月，擢兵部尚书。

时言时〔事〕尚激烈，或不平。景廉曰："政府如射之有的，言者期其中耳，于我辈何憾？且赫赫政府，诋之者率无罪，未必非大臣之福也。"人服其量。全庆授大学士，协揆，孝钦显皇后意属之。景廉以宗室、吏部尚书灵桂为先进，力辞，上嘉其能让。新疆勘定，伊犁将军金顺上景廉昔年战守勤劳，请奖励。景廉谓边帅推功枢臣，恐开迎合之渐，请勿许。时论与之。

十年三月，朱谕："景廉只能循分供职，经济非其所长，降二级调用。"十一年四月，补内阁学士，兼礼部侍郎衔。八月，卒于

---

① 景廉于光绪二年（1876）二月、五月、八月署工部尚书。光绪三年（1877）正月，景廉实授工部尚书。

② 光绪四年（1878）三月，景廉以工部尚书兼署户部尚书；五月，由工部尚书调任户部尚书（分见《清德宗实录》卷六九、七三）。前文两则《景廉列传》正确，本处及下文之"行状""神道碑"皆误。

③ 光绪八年（1882）八月，御史洪良品因云南报销案弹劾景廉。光绪九（1883）年六月，景廉因该事降二级调用。

官，年六十三。

著奏疏四卷，《冰岭纪程》一卷，古近体诗二卷。

子治麟，光绪三年进士，官国子监司业，入《孝友传》。兆麟，甫逾冠，殁。孙，恩启。

《新疆图志》之景廉传*

景廉，字秋坪，姓颜扎氏，满洲正黄旗人。

由编修改侍卫，出为哈密帮办大臣。时同治五年，回乱甚炽，肃州迤西，烽烟遍地。六年冬，景廉率骑卒百余，绕道金塔堡，冒险出关。七年，抵玉门。八年，抵任。力筹转运，前敌诸军赖以无后顾之忧者，景廉之力也。

十年，授乌鲁木齐都统。以所部兵单，不敷剿防，乃笼络豪条〔杰〕。徐学功者，一时之枭雄也，负胆勇，饶声望，集民团二三千人，专以马队挠贼锋，回、缠畏如虎。屯沙山子，与赵兴体、沈廷芳相犄角。景廉不惜金币，招之麾下，屡建奇功，详于《武功志》。

十二年八月①，拜钦差大臣之命，督办新疆军务，统筹全局。疏请三路进兵，并于古城、奇台、济木萨、木垒河一带广兴屯田，且耕且防，先裕兵食，而后次第削平诸匪。谋成，旋迁去，致未竟所施。论者惜之。

卒，建专祠，与春满、文林并垂不朽云。

---

* 见袁大化修，王树楠等纂：《新疆图志》卷一〇七《名宦》，天津博爱印刷局，1923年，第19页。

① 清廷授景廉为钦差大臣，在同治十三年（1874）七月十二日，见《清穆宗实录》卷三六八。

《清史稿》之景廉传*

景廉，字秋坪，颜札氏，隶满洲正黄旗。父彦德，官绥远城将军。

景廉，咸丰二年进士，由编修五迁至内阁学士。典福建乡试，擢工部侍郎，赐奠朝鲜。八年，授伊犁参赞大臣。① 故事，哈萨克贸易讫即行。后以货滞鬻，许二三人守以度岁，渐成聚落，周二里许。景廉谓祸伏肘腋，毁之便，将军惮不敢发。会将军卒，景廉摄任，疏陈利害，请以便宜从事，卒毁之。诏下，如所请。塔尔巴哈台参赞大臣英秀、阿克苏办事大臣绵性、叶尔羌参赞大臣英蕴先后以贪暴被劾，皆命景廉往鞫，得实，降革有差。

十一年，调叶尔羌参赞大臣，② 其城为南路八城之首，汉、回杂处。安集延常扰边，俄人复于西南徼往来窥伺，哈萨克各部落多贰于俄。景廉筹饷练兵，持以镇静，八城以安。严禁绿营兵以重利侵夺回民赀产，人心大悦。同治二年，坐事落职，③ 男妇数千

* 见赵尔巽等 :《清史稿》第41册，中华书局，1976年，第12393—12397页。

① 景廉任伊犁参赞大臣，在咸丰九年（1859）十月。

② 景廉调任叶尔羌参赞大臣，在同治元年（1867）四月。

③ 同治三年（1864）十月，清政府因景廉“借病推诿、径行离任、规避取巧”，将其革职。

哭于玛札尔[①]。玛札尔者，回部栖神之所，意欲祷神阻其行也。景廉既去官，遣往宁夏军营效力，将军都兴阿檄参戎幕。适安徽巡抚翁同书卒于军，复檄景廉代领其众，防剿后路。

五年，授头等侍卫，充哈密帮办大臣。募勇千余，骑不满百，粮乏，冰雪中僵仆相属。景廉勉以忠义，夜支单帐，燃马矢，席地坐，时出抚循，以是兵心固结。肃州贼沿南山西窜，景廉遣总兵张玉春败之黄花营。贼扰安西州，又大败之。景廉以安西、玉门为新疆门户，巴里坤虽天险可守，然力单不足恃，疏请驻安西，布置防务挽运，得旨报可。贼扑敦煌，景廉阳令副将蒋富山邀击南乾沟，而伏劲旅桥湾、三水梁。贼果取道三水梁南戈壁，伏起，追击败之。捷闻，得旨嘉奖。贼复扑安西，景廉戒守将坚壁毋浪战，伺其懈击之，而设伏要其归路，贼大创，遁。景廉谓敦煌重镇，当守以重兵，因移镇敦煌，留兵安西、玉门相犄角。建坚壁清野之计，完城浚壕，择要区筑空心墩台，守具毕备。复以商团民练辅翼官兵，隐寓保甲之法，贼掳掠之计遂沮。招徕土著三千六百余户，劝募杂粮二万余石，立转运局马莲井，官民咸称便焉。

时乌鲁木齐回酋妥得璘勾结汉回、缠头万八千余东犯，潜约哈密回子郡王为内应。王素骏，其母福晋迈哩巴纽贤明有才略，以逆书呈官军，誓众力守。景廉遣使奖慰，复令富山率兵会办事大臣文麟、裨将孔才击贼，连战六昼夜，大败之。论功，升擢有差。旋授乌鲁木齐都统。时古牧地伪元帅马明屡诈言降，复假贸

① 本处及下句之“玛札尔”，原文均作“札尔玛”，误。此处改。

易分布逆党于济木萨、木垒河。景廉侦知，密檄孔才、金永清等一夕歼之。俄人挟蒙古、哈萨克入境求通商，景廉言地方未靖，不任保护，以兵卫之出。自是终景廉任，俄人不言通商事。

穆宗亲政，景廉以为致治在乎始基，上崇正学、开言路、慎牧令、简军实、重农桑、弭异端六事。移军古城，疏请以副都统吉尔洪额、领队大臣沙克都林札布任军事。陕回白彦虎纠西宁回万余，将奔乌鲁木齐，贼势枭悍，破哈密回城，游骑越天山，扰巴里坤，两城告急。会妥得璘死，安集延酋帕夏合乌鲁木齐、古牧地等汉回扑沙山子，遥应白彦虎。景廉急檄孔才严备济木萨各要隘，黑龙江营总依勒和布援沙山子，吉尔洪额等援哈密，而景廉坐镇古城，饮酒习射，若无事然。依勒和布与游击徐学功率骑五百败贼沙枣园，擒斩无算。帕夏遁归吐鲁番，遂解沙山子之围。吉尔洪额等抵巴里坤，连战皆捷，遂度天山，败贼哈密泥基头。城中闻援军至，大呼突出，贼败，巴里坤肃清。是役也，论者谓新疆治乱一大关键也。白彦虎窜唐朝渠，将入玛纳斯，学功侦得贼口号，选精骑四百，伪为玛纳斯人，迎之龚家泷，握手慰劳，贼不之疑，益前进，前临大河。官军从后起，贼大惊，白彦虎引四十余骑逸去，余尽歼焉。学功者，乌鲁木齐农家子，沉勇多智略。军兴，集乡勇自卫。或离合于妥得璘、帕夏之间，为以贼攻贼之计。景廉招之来，推诚待之，遂愿效死，至是果得其力。奏请破格录用，报可。

景廉以忧勤致疾，再乞解职，温旨慰留。十三年，授钦差大臣，督办新疆军务。于是景廉奏请通筹全局，命伊犁将军金顺取道古牧地，提督张曜由天山南取吐鲁番，领队大臣沙克都林札布、锡纶由沙山子取玛纳斯，三路齐举，使贼不相顾。奇台、古城为哈密、巴里坤屏蔽，命副都统额尔庆额、孝顺、福珠哩驻西湖，防贼逸入北路。乌鲁木齐之南俗呼搭板城者，实通吐鲁番要路，贼以重兵守之，宜潜师攻扰以扼其吭。并请饬陕甘总督左宗棠总司后路粮台。移甘肃民千户实奇台、古城屯田，购蒙古驼数千只，借拨部款六十万两。疏上，悉蒙嘉纳，而忌者尼之，未竟所施。改正白旗汉军都统。俄召回京，迁左都御史。

光绪二年，命入军机，兼总理各国大臣。授工部尚书，调户部。坐事降二级，仍留军机。补内阁学士，再迁兵部尚书。时言路尚激烈，或不平，景廉曰："政府如射之有的，言者期其中耳，于我辈何憾？且诋政府者率无罪，未必非大臣之福也。"人服其量。新疆勘定，将军金顺上言景廉前劳，请奖励。景廉谓边帅推功枢臣，恐开迎合之渐，请勿许，时论与之。十年，朱谕景廉循分供职，经济非所长，降二级调用。明年，补内阁学士。八月，卒于官，年六十二。

子治麟，国子监司业，见《孝友传》[1]。

①《清史稿》有《孝义传》，无《孝友传》，亦无《治麟传》。清国史馆撰之《治麟传》，见台北故宫博物院藏 :《孝友传》卷六，档号 : 故传004370-4。

《重修敦煌县志》之景廉传*

景廉，字秋坪，满洲正黄旗人。

咸丰二年进士，改翰林院庶吉士。三年四月，散馆，授编修。累官伊犁参赞大臣。故事，哈萨克贸易事讫，即出境。后以商货滞鬻，许留两三人，守以度岁。支穹庐于西门外，树木栅防暴客而已。比渐筑室，易栅而垣。景廉以为患伏肘腋，不可长，乃疏请便宜毁之。吏贪猾蠹民者，以时劾罢，边圉大治。

五年，赏头等侍卫，充哈密帮办大臣，谕克期出关。募勇，得千余人，骑不满百，军装、器械略备，粮仅支二十日，以记名总兵张玉春为统领，副将蒋富山、范如松、都司金永清副之。道金塔堡而西，日行冰雪中。

七年正月，至玉门，侦知肃州回匪三百余骑沿南山西窜，遣玉春败之黄花营，又败大股于安西州之三四道沟。廉以哈密辖境辽阔，兵燹之余，户口凋耗，商旅裹足，军食所仰，惟安西、敦煌、玉门三县。敦煌尤完富，地迫近关，甘肃、新疆之咽喉也。而肃逆窥伺久，时来侵扰，脱有失利，则哈密运断，而新疆门户益危。乃与办事大臣文麟会奏，请分地防守。文麟先赴哈密，廉

* 吕钟纂：《重修敦煌县志》，民国三十五年（1946）抄本，甘肃省图书馆藏。

暂驻后路，督防剿，且顾运道。于是以大营屯敦煌，躬相要害，完城浚濠。命三县农民各筑堡寨御贼以安获，于要路筑空心墩，以卫露粮、畜牧。守具既备，复督绅民办商团、民练，与官军相依附。士民商贾皆以为便，安西、玉门亦仿行之。时率小队履行校验，肃逆数来犯，一败之车毂辘[①]，再败之南乾沟、三水梁，三败之十工废堡。而西宁、河州之扰赤金者，亦闻风惊溃。于是，牵制、虏掠之计无所施，遂复西窜[②]。廉乃简料三州县土著，得上、中、下三千余户，以等次令捐粟麦。民亦喜官兵能为捍寇，乐于输挽，凡得杂粮数万石。量道里，设粮台，置转运局，以馈哈密。昔人论回疆戡定，左文襄竟其功，景大臣开其基，询不误也。

八年七月，抵哈密，以汉城残破，筑垒蔡巴什湖，与文麟相倚。仍令张玉春驻安西，以资犄角。

光绪元年，授正白旗汉军都统，命将兵勇粮饷移交金顺，回京供职。历授军机大臣、工部尚书。

光绪十一年，卒。二十八年，伊犁将军长庚、新疆巡抚饶应祺奏准，将生平事绩宣付史馆立传，并在新疆建立专祠。

---

① 车毂辘，原文作“车辘毂”。该地名应是“车毂辘坝”，详见前文《景廉列传》（故传009500-04）“车毂辘坝”条注。

② 遂复西窜，《景廉列传》（故传009500-04）作“益稀复西窜矣”。

《词林辑略》之景廉传*

景廉

字俭卿，号季泉，又号秋坪，正黄旗满洲人。散馆，授编修，历官军机大臣、兵部尚书，降内阁学士。著有《冰岭纪程》。

---

* 见朱汝珍辑：《词林辑略》卷七，影印本，台北明文书局，1985年，第388页。

诰授光禄大夫、建威将军、赐进士出身、翰林院编修、内阁学士兼礼部侍郎衔先考秋坪府君行状*

府君姓颜札氏，讳景廉，字俭卿，一字季泉，号秋坪。

先世为吉林满洲巨族，隶正黄旗，入京。始祖讳喀尔吉善，官前锋统领。雍正中，以副将军出师西藏，凯旋，授内大臣，再传至府君。曾祖考讳长生，官头等侍卫，妣氏尼吗察。祖考讳和英额，官头等侍卫，妣氏舒穆鲁。考讳彦德，乾隆癸卯科举人，官绥远城将军。妣氏瓜尔佳，生妣氏任。三代皆以府君官诰赠光禄大夫，妣皆一品夫人。

先大父生四子。长讳景布，候补库使。次讳景禄，出后先叔祖棣庵公，官盛京户部主事。次讳景符，官兵部笔帖式。府君最幼，生时天大雷雨，啼声远振，四乳平列，识者决为国器。幼沉敏厚重，好读书，不以贫病辍。弱冠入泮。道光己酉，膺选拔会考，冠一军。是秋，中副榜。咸丰元年辛亥，以第七人举于乡。明年，成进士，改庶吉士。癸丑，散馆，授编修，迁侍讲，充国

* 见台北故宫博物院藏："景廉传包"，档号：故传009500-11。其封页题名为《□□诰授光禄大夫、建威将军先考秋坪府君行状》。

史馆协修。时粤匪北窜，京师戒严，府君集西北城居人为守助约，稍稍以兵法部署之，而接以谦、待以诚，人皆乐为用。十二月，充文渊阁校理。

甲寅五月，充日讲起居注官。十二月，晋侍讲学士，充文渊阁直阁事。乙卯二月，充咸安宫总裁。三月，上谒陵，充管道大臣。四月，擢内阁学士，兼礼部侍郎衔。五月，充福建乡试正考官。

丙辰四月，充会试覆试阅卷大臣、散馆阅卷大臣、殿试读卷大臣、朝考阅卷大臣。公慎，为同列所推。六月，授镶白旗蒙古副都统。十一月，充玉牒馆副总裁。上御洞明宫，府君读句到本，风度凝重，音节琅琅，上嘉赏焉。

丁巳正月，授工部右侍郎，兼管钱法堂事务。时炉匠为奸利，钱浸轻小，历任无如何。府君杖其首事者，弊遂革。每有兴作，严禁陋规，商人感激，不敢欺工，料特坚实，然亦以是为人忌。讲求水力，稽核工程，准驳必要诸是。缄默自守者，窃议其喜事，侵尚书权，府君不顾也。二月，充考试汉御史阅卷大臣。三月，管理火药局事务。监督者闻府君至，尽革出纳之弊。五月，补讲文职六班。六月，管理镶白旗蒙古新旧营房。七月，充考试汉教习阅卷大臣。十一月，奉旨赐奠朝鲜。府君严体制，绝苞苴，途中赋诗，皆寓意抚绥。东国传诵，以为得使臣体。

戊午三月，覆命。适英人至天津，上召见，问今所使者能任事否。对曰："其人怯懦，恐辱国。"上不悦。已而果然，上以府君先识，益眷顾，有大用意。四月，充考试试差阅卷大臣。天津事日急，奉旨，带本旗兵二百五十名巡守汛地，听调遣。府君检精壮，激以大义，有泣下者。六月，调镶红旗满洲副都统。八月，署正蓝旗满洲副都统，充乡试监临。府丞闱中与府尹不相能，负气竞出，府君劾之，且自请议处。与署提调毛文达公昶熙竭力整饬，夜恒不寐。事竣而房考舞弊之案发，忌者欲因是中府君，虽无可文致，卒以降调处分上。上察其诬，改为降留。

己未二月，调刑部右侍郎。府君与僚属讨论刑法之学，读律恒至丙夜。最其要凡细，书成数帙。八阅月，遂精如老吏。三月，署吏部右侍郎。十月，授伊犁参赞大臣。上召见曰："汝年尚壮，须历练，边疆重寄，非左迁也。"府君感激流涕，誓心以死报。上复谕曰："奏疏以明白晓畅为要。比年伊犁言事，率艰深其词，且杂以四六工对，想将军札拉芬泰不能文，任幕友为之耳。汝到任后，须自属稿。"府君自是奏疏不假手于人。

庚申四月，抵伊犁。故事，哈萨克贸易事讫，即出境。后以商货壅粥，许留两三人守以度岁，于西门外支穹庐、树木栅，栖身防暴客而已。比渐筑室，易栅而垣。将军初议毁之，惑于佞口，中止，且许为请命于朝。府君履任时，已成屋三百余间，周二里许矣。府君谓患伏肘腋，猝发不可制，毁之便。将军不欲失信于夷，执不可。六月，将军卒。府君权将军，乃疏陈利害，请以便宜先行平毁。或怵以势重，恐激变，府君不为动。又请候旨，府君曰："圣明在上，理无不允。"卒毁之。命下，如所请，众乃叹服。都司马举贪横不法，倚同官杨成、王重福为助。府君得其实，未发。三人者惮府君英果，乃互讦，冀自免。府君分别劾罢之，军中肃然。旋奉旨鞫塔尔巴哈台参赞大臣滥保异姓台吉冒袭哈萨克汗爵事，得前驼马章京纳贿愚弄长官情弊，拟如律。

辛酉八月[①]，以阿克苏办事大臣改征回赋、私设盐课，奉旨往鞫。忽闻文庙升遐，府君泣血攀号，猝至昏眩。盖府君受知文庙，由庶常不五年陟卿贰，虽佥壬交构，而帝眷不衰，故哀慕尤切至也。未及治疾，轻骑取道冰岭。十一月，复奉旨鞫叶尔羌参赞大臣苛敛擅杀狱。[②]府君所至，皆得情实，成信谳。

壬戌三月，回伊犁任，往返所资均自备，属吏供帐一概谢绝。七月，调叶尔羌参赞大臣，[③]九月抵任。其地为南路八城之表，汉回杂处，逆首倭里罕及邪黑阿浑逆裔往往潜踪各城，以图煽惑。喀什噶尔境内安集延时入滋扰，而俄人复于西南边外往来窥伺，哈萨克、布鲁特部落多贰于俄。府君筹饷用兵，稽察绥辑，皆持以镇静，八城以安。时上方倚重府君。府君于中外交涉事，屡密疏以闻，皆闭户自缮写。防兵久不换，知回情贪而愚，每以重利盘剥，倾其产，府君严禁之，人心大悦。去官之日，男妇数千相率哭于玛札尔，声震大地。玛札尔者，回部栖神之所，有急难则

① 清廷命景廉查办阿克苏办事大臣绵性的上谕，发于咸丰十一年（1861）六月十五日。“行状”“神道碑”中某些景廉接旨、任职日期，与清国史馆撰《景廉列传》（台北故宫博物院藏，档号：故殿007477）不同，往往要晚数月。其中的缘由，可能是清国史馆以上谕发出的时间为准，而景廉则以接旨日期为凭，故有差异。读者若想了解景廉在西北重要任职、差使的时间，可将数传对照阅读。

② 咸丰十一年（1861）八月初三日，清政府命景廉往鞫叶尔羌参赞大臣英蕴苛敛擅杀案。九月十五日，景廉于冰岭道中奉到该旨。

③ 景廉调任叶尔羌参赞大臣，在同治元年（1862）四月。

哭祷，盖欲神止府君之行也。

癸亥九月，伊犁边外不靖。府君知伊犁兵强而乏食，亟拨库储济之。十二月，因旧疾举发，乞休。同官中以事，遂落职，往宁夏军营效力。

甲子，卧病于绥远，几五月。

乙丑四月，抵宁夏，为将军都清壶公兴阿总理前敌粮台营务。十月，故安徽巡抚翁文勤公同书卒于花马池军中，府君代领其众，防剿后路，屡著战功，饷道得无梗。

丙寅十月，奉旨授头等侍卫，充哈密帮办大臣。[①]以甘凉道阻，暂留将军穆图善公军中，总理文案。

丁卯十二月，募勇得千余人，骑不满百，军装器械略备，粮仅支二十日，以记名总兵张玉春为统领，副将蒋富山、范如松、都司金永清副之，取道金塔堡赴哈密。时届隆冬，士不宿饱，日行冰雪中，僵仆相属。府君勉以忠义，数下马步行，为之先。夜支单帐，然马矢，席地坐，时出抚循，以是人心固结，饥寒不溃。

戊辰正月，会办事大臣文麟公于玉门。甫到，闻肃逆三百余骑沿南山西窜，府君令张玉春败之于黄花营。月杪，肃逆大股扰安西州属之三四道沟，府君檄安西严备，令张玉春带队往剿。贼闻风退，我军追及，大胜，贼委驼马旗帜遁。府君念哈密兵燹之余，户口凋零，商贾裹足，军食所仰，惟安西、敦煌、玉门。而肃逆窥伺已久，脱有失，则哈密竟成孤注，而新疆之门户危矣。

---

① 同治五年（1866）八月，清政府“赏已革叶尔羌参赞大臣景廉头等侍卫，为哈密帮办大臣”。见《清穆宗实录》卷一百八十二。

巴里坤虽天险可守，然力单不足倚为援，疏请暂驻后路，布置防守挽运。得旨报可。

闰四月，抵安西。肃逆数百骑扰玉门之黄花营、杨家庄，旋窜至安西之双塔堡、桥湾、四五道沟、清水泉。府君派队跟踪追剿，迭有斩获，贼不得逞。五月，复扰双塔堡。府君令张玉春率马队迎击，金永清率步队继进，败之于车毂辘坝。复战于小宛，杀伤相当。援贼突至，几不敌，我军退入罗家庄，偃旗卧鼓。贼莫测，不敢攻。久之，大风骤起，我军乘势杀出，呼声震地。贼错愕，火器不及施，负创狂窜。七月，肃逆大股扰八九工，旋入南山。另股扑犯敦煌，为官军击退，合伙回窜。府君阳令蒋富山邀击于南乾沟，而密伏劲旅于桥湾、三水梁。贼果由插花营取道三水梁之南戈壁。统领张玉春夜移营，严阵以待。黎明贼至，金永清、范如松当先鏖战两时许，贼气衰而死拒不退。张玉春率亲兵大呼陷阵，所向披靡，贼始纷纷东窜。我军追杀四十余里，毙贼百余名，夺获旗帜器械无算、驼马三百余匹。捷书上，得旨嘉奖。

八月初，肃逆千余骑扰安西七八道沟，突至十工，就废堡扎两营，距州城仅三十里，志在久踞伺隙。府君令张玉春率蒋富山、都司部得林力攻拔之。追至大山口，杀贼如三水梁之战。中旬，肃逆大股直扑敦煌。府君闻警，飞饬所部坚守，毋浪战，令营官张腾蛟、参将雷国良伺其懈击之。设伏新店子、白家庄，要其归，别以营官向永福截其尾。贼大创，弃辎重遁。府君谓敦煌蕃庶，当守以重兵，于十月移镇敦煌，留队安西、玉门，以为犄角。建坚壁清野之议，完城浚濠，躬自督率，择要筑空心墩台，守具毕备，以卫露粮牧畜。复以商团、民练辅翼官兵，而保甲之法寓焉。饬安西、玉门一律仿行，亲率小队往来察验。于是肃逆卤掠牵制之计沮。后路粗定，得以其暇综核安西、墩〔敦〕煌、玉门土著，得上、中、下三千六百余户，委曲劝捐杂粮两万一千余石。于三处分设底台，立转运局于马莲井，而以塔尔纳沁、哈密两台总其成。宏纲细目，皆府君手定，询之官民，咸以为便。乃与办事大臣文麟公联衔入告，得旨允行。后路布置已定，乃前进。

己巳八月，到哈密任。汉城残破，筑垒于蔡把什湖，与文营相联络。时乌鲁木齐回逆妥得璘句结吐鲁番和卓东拉葛，易替古牧地、玛纳斯伪元帅苏化保、马四等，合汉回、缠头万八千余东犯。全队驻沙枣泉子，先以游骑三百窥我二堡，悍贼二千余继之，潜约哈密回王迈哈默特为内应。王素骙，其母福晋迈哩巴钮以贼书呈官军，誓众力守。府君遣使奖慰，并助以兵。随令蒋富山会同文营统领孔才，率靖边、威仪马步队迎剿，贼败走。次日辰刻，贼复大至，我军苦战，复胜之。府君虑二堡兵单，商之文麟公，令统领魏忠义、赵万海率劲旅往扼要隘，以为声援。其夜亥刻，贼以万骑攻二堡，势张甚。蒋富山敛兵固守。天明，偕孔才率哨官张士魁、张忻等分三路冲击，大战几三时，贼气弥盛。魏、赵两将闻杀声，赴援。适押解军火委员常祥等亦至，遂合力夹击，另派一军袭其后。贼猝见，惊却。我军乘之大溃，追杀二十余里。戌刻，贼复集数千骑劫营，为蒋富山击退。次日，孔才策其必来，设三伏以待。贼果至，战久，伏发，复败走。我军蹑之，四战皆捷，直至瞭墩。贼始弃营，鼠窜归巢。是役也，连战六昼夜，毙贼千七百余名，生禽三十余名，夺获兵仗牲畜不可数计，官军伤亡仅百余。奏上，蒙嘉奖。

辛未八月，奉密旨，以俄人已得伊犁，将谋乌鲁木齐，命府君先往规复，而后路屯防专属文麟公。府君闻命，即令孔才带队驰赴奇台、古城一带，据形胜筑垒屯田。且联络民团徐学功、赵兴体、沈廷秀等，以壮声势，而自带马步三营，度天山，驻巴里坤。十二月，授乌鲁木齐都统。新任哈密帮办大臣锡纶公奉旨随同府君办事，即府君所密保也。

壬申正月，张玉春自安西带队至，令与金永清次第西进，前锋直扎至济木萨。八月，奏委锡纶公赴布伦托海，酌调额鲁特官兵、沙山子民团进规玛纳斯，为夹攻之计。时古牧地伪元帅马明屡以反正杀贼，饵前敌统领，智如徐学功、勇如张玉春，均以贪功违节度，先后堕其术中。复假贸易，分布逆党二百余于济木萨、木垒河城内。府君密令孔才、金永清一夕歼之，败其援师于滋泥泉，生禽乌鲁木齐贼目既往子、马三、马四，玛纳斯伪总领史姓、何姓，古牧地贼目买应伏、杨伏。腹地既清，外防弭固，更以逻骑连得关内外往复贼书，贼遂不得施其诡计。是年，俄人挟蒙古、哈萨克入境，意欲通商。府君以干戈遍地、恐致误伤却之，且以兵卫之出。终府君任，俄人不敢复以通商请。

癸酉正月，穆宗亲政，府君以为致治在乎始基，上崇正学、开言路、慎牧令、简军实、重农事、弭异端六事。四月，进扎古城。府君遍阅形势，以其地孤立无援，必能守而后可言攻，足食而后可言守，急功近名，侥幸一试，非计之得也。于是抚恤灾黎，招徕商贾，于奇台、古城、济木萨、木垒河大兴屯田，以将弁之朴勤晓农事者领之，且耕且防，暇则操演阵法。立车局、驼厂，以资转运。建水磨，以代舂簸。开官钱铺，以便交易。复设科布多之蒙古三台、古城之汉三台，而北路之饷道利。自巴里坤至木垒河设九台，而前后之文报通。奏派副都统吉尔洪额为吉林、黑龙江马队翼长，记名提督、玛纳斯协副将张玉春为靖边、振武等营翼长，记名副将、署济木萨参将孔才为定西等营翼长，而以领队大臣沙克都林札布为全营翼长。后沙军移镇沙山子，以总理粮台、候补道裕厚代之。朝夕经营，不三月，屹然成重镇。贼大慑，以乞降款我师。府君知其诈，然是时兵力未厚，姑羁縻之。益选间谍深入西南两路贼中，离合强弱之势遂十得其八九。

是秋，岁大熟，官屯积谷至万石，民间尚可采买。乃奏停归绥、口北粮运。七月，陕回白燕虎纠西宁回逆万余，将奔乌鲁木齐。所过蹂躏，贼势枭悍，官军莫敢撄其锋。进围哈密，文营精锐伤亡过半，塔尔纳沁积蓄悉为所虏。旋破回城，游骑越天山，扰巴里坤，以遏援师。两城告急，相望于道。时西逆妥得璘病死，安集延酋怕夏并伪元帅马明众合乌鲁木齐、古牧地、昌吉、玛纳斯、呼图壁汉回，扑沙山子，遥应白燕虎。统领振武营游击徐学功不能支，府君一军搘拄其间，四无援应，亟饬孔才严守济木萨、滋泥泉及各屯要隘，令黑龙江营总依勒和布率精骑援沙山子，令吉尔洪额、沙克都林札布率营官田锡礼等援哈密、巴里坤。先以粮三千余石潜济两城军食，府君坐镇古城，饮酒射鹄，以安军心。

七月初，依勒和布与徐学功营于沙枣园，贼以马队三千来扑，我军仅五百骑，鏖战两日，毙贼无算。怕夏遁归吐鲁番，沙山子之围以解。月杪，吉尔洪额等抵巴里坤，与贼连战于三塘湖、大红旗沟，获胜。中秋度天山，吉尔洪额笑曰："不此之守，我知其无能为也。"十九日，败贼于哈密之泥基头。我兵少结方阵，鼓行而东。白燕虎率大股悍贼，四面扑犯。大战两时许，毙贼千余。城中闻援军至，伤夷尽起，大呼突出。贼败入回城，虏回王及其母福晋，载子女、玉帛归南湖老营，留壮建〔健〕撄城固守。我军围攻，二十五日，破西门入，贼走南湖，我军乘胜进薄。二十九日，拔之，余匪由五堡分两股向西北窜。于是，哈密、巴里坤以平。是役也，论者谓新疆治乱一大关键。使贼据有哈密、巴里坤，古城岂能独完，安西、敦煌、玉门亦必相率而溃。东西数千里，贼势如长山蛇，虽阿文成公、长文襄公复生，恐难收功于谈笑间。而府君则口不言功，惟幸边疆之无事而已。

十月，白燕虎窜唐朝渠，将入玛纳斯。徐学功奉令侦探得实，并得贼口号。乃选劲骑四百，伪为玛纳斯接应，迎之于龚家泷口，握手慰劳，贼不之疑。次日，诱至三道厂子，前临大河，我军从后突发。贼大惊，白燕虎引四十余骑逸去，余尽歼焉。徐学功者，乌鲁木齐农家子，沉勇多智略。军兴，集乡团自卫，或离合于怕夏、妥得璘之间，为以贼攻贼之计，奇才也。府君抵古城后招之来，推诚委用，遂愿效死，至是果得力。府君上其功，为之破格请奖。前之疑且惧者，始服府君之知人。十一月，府君以忧勤致疾，殆不可支，乞解职。温旨慰留，予假一月，紧要军务仍责令筹办。

甲戌二月，西逆时出没于滋泥泉、西泉等处，梗前敌粮道。府君令翼长孔才、统领兴禄率劲旅进剿。十九日，败贼于西泉之西，阵斩悍贼百余，生禽逆首苏保沅、马得河、马逃香、李远、王沅。讯系西宁、河州老贼，凌迟枭示，白燕虎为之气夺。三月，府君病甚，恐误军事，不得已再申前请。上以府君久居塞外，悉边情，予假两月，且勖以“顾全大局，勉为其难，用副委任”。府君感悚，强起视事，虽极困惫，不敢复言病。六月，白燕虎纠马明等数千骑犯济木萨，孔才设伏歼其前锋。既贼大至，敛兵退守，夜选骁骑叠出扰之，使不得刈我禾。府君闻警，面授兴禄方略，带队往援，败贼于济木萨之二工，距城二里扎营。夜，贼至猛攻，我军熄灯火，伏地不动。伺贼稍懈，突起纵击，贼狂奔。次日，会城兵与贼战于柳树河，金永清步队居中，田锡礼、候补同知倪敬修马队翼之，箕张而进。兴禄、孔才往来策应，潜以游击杨朝胜率精骑三百绕伏贼后。酣战逾三时，兴禄、田锡礼率死士冲入，出其背，孔才督队继之。贼殊死斗，伏发仍溃，僵尸枕藉于道。我军追杀二十余里，振旅而还。府君复念沙山子、上马桥逼近贼巢，令徐学功随时侦探，相机雕剿，连败贼于绥来三道河、白噶达、二工、呼图里克、芨芨墩子，率以少胜多，阵斩逆酋拜林，生禽贼目狄麻娃、金尚保，并焚毁余小虎粮台于甘沟，贼气愈馁。

八月，授钦差大臣，督办新疆军务。府君谓回情阴鸷，与安集延狼狈为奸，近得陕回，恶焰弥炽，当统筹全局，为一劳永逸之图。奏请与帮办军务大臣、故都统金忠介公顺直取古牧地，今山东巡抚张公曜由天山南取吐鲁番，另派大员偕领队大臣沙克都林札布、锡纶由沙山子取玛纳斯，三路齐举，使贼不相顾；留营奇台、古城，以固根本，为哈密、巴里坤屏蔽；副都统额尔庆额、孝顺、福珠哩驻西湖，防贼逸入北路。又以乌鲁木齐南喀喇巴尔噶逊俗呼为搭坂城者，实通吐鲁番要路，贼以重兵守之，宜潜师攻据，以扼其吭；并请饬故陕甘总督左文襄公宗棠总司后路粮台，委司道大员驻扎肃州，督催转运；酌移甘肃民千户，实奇台、古城屯田；又按市价购蒙古内外盟各爱曼健驼数千，先由理藩院札知，以示信；借拨部款六十万，以济要需，而补以各省历年欠饷。疏上，悉蒙嘉纳。忌者尼之，未竟所施。然布置周密，后之成功者，卒莫能出范围焉。

光绪元年乙亥五月，拜正白旗汉军都统、回京供职之命。[①]府君自咸丰己未简任伊犁，至是十有七年，在军中者十年。律己严，治军整，悍将骄兵，见之莫不气肃，一隶戏下，自循循于礼法。而推诚待人，语无矫饰，能得人死力。谋定后战，仓猝中弥镇定。撙节兵饷如用私财，羡余奏明归公。出纳句稽，一责之粮台，己惟总其成而已。邻封有警，必竭力救援，置死生于度外。奏疏书牍，皆自草，请兵吁饷、艰苦之状，令人不忍卒读。犹复修学宫，建昭忠祠，搜拓碑版，歌咏篇章。其神明静定、因应不穷有如此！湖南罗君世瑶曩戍伊犁，为府君幕僚，没后，其子陷虏中。府君以计拔之出，并归其丧。此虽盛德之一端，而幄奇箸筹，可

① 光绪元年（1875）三月，清廷“调乌鲁木齐都统景廉为正白旗汉军都统，命回京当差”。见《清德宗实录》卷六。

以概见。袁文诚公保恒总理西征粮台，最重府君，推为西北诸帅中第一。左文襄公亦有此论，逮因粮运龃龉，始目府君为书生，不知兵矣。

九月，入觐，授都察院左都御史，充覆勘各省乡试阅卷大臣，佩带正红旗满洲都统、镶黄旗蒙古都统、銮仪卫掌卫事大臣印钥，补进文职六班，入值圆明园班。十月，充翻译覆试阅卷大臣、武乡试监射大臣、小考宗室翎缎大臣，赐紫禁城内骑马。十一月，充武乡试专司稽查大臣，奉旨恭诣东陵毅皇帝几筵行周年礼，充典验军器大臣。

丙子正月，署步军统领、正白旗蒙古都统。二月，御赐剿平粤匪、捻匪方略，充补行大考阅卷大臣、文会试监射大臣，署工部尚书。三月，奉旨在军机大臣上学习行走，充考验幼官出学大臣。四月，充会试覆试阅卷大臣。五月，充教习庶吉士，御赐列朝圣训、御制诗文集。七月，充崇文门副监督。十月，署正红旗满洲都统，充总理各国事务大臣。

丁丑正月，授军机大臣，管理内翻书房事务，授工部尚书，管理火药局事务。二月，署正蓝旗蒙古都统。四月，充翻译会试副考官。十月，充考试应封宗室阅卷大臣。

戊寅二月，调户部尚书。[1]七月，管理户部三库事务。十二月，充国史馆正总裁。

己卯三月，毅皇帝永远奉安，奉旨随入地宫。八月，充覆核

---

① 光绪四年（1878）三月，清廷“以工部尚书景廉兼署户部尚书”。见《清德宗实录》卷六十九。

朝审大臣。九月，充乡试覆试阅卷大臣。十月，充小考宗室翎缎大臣。

庚辰二月，充顺天补行乡试覆试阅卷大臣。三月，充会试正考官。四月，充朝考阅卷大臣。十一月，管理左翼幼官学事务。

辛巳二月，充考试孝廉方正阅卷大臣。四月，充前引大臣。十二月，赐服带膝貂褂，慈禧皇太后赐"泽从云游"扁〔匾〕额。

壬午九月，充覆勘各省乡试阅卷大臣。十二月，充经筵讲官，慈禧皇太后赐御笔"松竹并茂"条幅、"化洽道丰"扁〔匾〕额。

癸未二月，慈禧皇太后赐御笔兰花，旋充各省乡试覆试阅卷大臣、各省翻译乡试覆试阅卷大臣。四月，充散馆阅卷大臣。六月，以云南报销属官纳贿曾经保列一等，降二级调用。奉旨，仍留军机大臣、总理各国事务大臣。七月，补内阁学士。九月迁吏部左侍郎。十一月，授兵部尚书。十二月，慈禧皇太后赐"圭璋有声"扁〔匾〕额。

甲申三月，奉慈禧皇太后懿旨，恭亲王等开去一切差使，府君以"只能循分供职、经济非其所长"，降二级调用。

乙酉四月，补内阁学士。八月，署镶蓝旗蒙古副都统。而府君以脾泄，久食少，元气日亏，服药罔效，势渐不可为矣。府君虽世家大族，然少孤，起自寒素，扬历中外三十余年，惟以忠亮端谨结主知，不广声气，不尚牢笼，特立独行，一空依傍，屡起屡踬，而信道之笃，晚节愈坚。自入枢廷、兼总署，早夜孳孳，不遑食息，政之得失，惟于府君颜色之欣戚辨之。难言之隐，虽子侄辈不尽知。壬午以来，言事尚激切，或不平。府君曰："政府如射之有的，言者期中的耳，于我辈何憾？且以赫赫政府，诋之者卒无罪，未必非大臣之福也。不则曰年少气盛，不知择言。悉足校？”云南报销一案，府君之诬，经年始白。旁观为扼腕，府君处之泰然，且调护言者，俾安其位，以作敢言之气。在户部五年，开源节流，不遗余力，然务循旧章、持大体，不轻更张，不事苛细。所任用皆老成，轻薄喜事者流，虽有才，每裁抑之。戊寅冬，停捐旨下，府君极力赞成。或曰：“能保后之不复开乎？”府君曰：“名器滥则廉耻消，慎重名器，最当今急务。复开与否，姑勿论也。”掌谏垣时，风规清肃，首以不谙政体、恐误大局，劾署兵部侍郎郭嵩焘。管正白旗汉军最久，以为教不先于练，纵极精锐，徒血气勇耳。捐私囊，立义学，延循谨之士，授幼丁读，间一察阅，为惩劝。尤重兵食，每领甲米，必亲莅事，竣然后行，无间寒暑，八年如一日，用是主者不敢以秕稗塞责。全文恪公庆拜大学士，所遗协办，皇太后意属府君。府君以灵文恭公桂先进，力让之。越二日，文恭公遂膺协揆之命。新疆既定，金忠介公上府君昔年战守功，请旨奖励。府君谓边帅推功枢臣，恐开迎合之渐，请旨勿许。

府君天性纯孝，七八岁即能委曲承堂上欢。道光戊戌，先大母任太夫人弃养，府君年甫十四，哀毁如成人。间一岁，丁先大父忧，一恸几绝，竟成瘵疾。服除，始渐瘳。事诸兄姊，敬爱交至，老而弥笃，所以安养之者，无微不至。抚诸侄如子，诸侄亦事府君如父。平生无声色之好，自奉俭约。待族党极厚，婚丧恒独任。族子之可造者，必多方成就之。岁时周给惟均，而义有不可，则一介不与。子侄有过，不轻加呵责，或正言以告之，或泛论以悟之，语无多，而亲切入人肺腑。门以内规矩严肃，下至童仆婢媪，莫不化焉。居恒寡言笑，起居以时。于书无所不读，尤精于儒，先性理，然未尝分门户招生徒，惟以心得力行为务。口不谈释老，有以二氏之说进者，谢曰“吾不解也”。著有奏疏四卷、《冰岭纪程》一卷、古近体诗存二卷。

府君生于道光癸未年六月二十五日午时，卒于光绪乙酉年八月二十四日申时，享寿六十有三。配吾母宗室夫人齐齐哈尔副都统、署黑龙江将军讳玉英公女。子四。长治麟，光绪丁丑科进士，官国子监司业，娶赛密勒氏，正蓝旗满洲广西南宁府知府景云公女，继娶萨尔图克氏，正白旗蒙古山东登州府知府讳衡光公女。次双格，殇。均宗室夫人出。次树格，殇，侧室张孺人出。次兆麟，甫三龄，侧室王孺人出。女三。长殇。次未字，卒。均宗室夫人出。次殇，张孺人出。

不孝治麟庸暗多病，不孝兆麟年幼，深恐府君丰功懿行湮没不彰，厥罪滋重，用敢濡泪和血，略陈梗概，伏乞当代立言君子赐之铭诔，以光泉壤，则不孝等世世子孙感且不朽。

孤子治麟、兆麟泣血谨状。

诰授光禄大夫、赐进士出身、翰林院编修、太子少保、前协办大学士、现官吏部右侍郎高阳李鸿藻顿首，敬谨填讳。

诰授光禄大夫、建威将军、内阁学士、前户部尚书、军机大臣颜扎公神道碑铭*

光绪十有一年八月甲寅，内阁学士颜扎公卒于位。维公早历膴仕，中踬于外，逮晚大用，终始一节。而以际时艰错，政柄不恒，朝论是非，牵连去位，至殁而恤典不及，天下惜之。然识与不识，无不称公为长者。恭绎甲申三月慈禧皇太后懿旨谓："只能循分供职，经济非其所长。"盖公之纯固一心，久孚堂陛之间，更历时岁，必复枋用，而惜公之遽去也。

公讳景廉，字俭卿，一字季泉。颜札氏，正黄旗满洲人。世为吉林巨族。五世祖讳喀尔吉善，前锋统领，雍正中以副将军出师西藏，凯旋，授内大臣。曾祖讳长生，官头等侍卫，妣尼吗察氏。祖讳和英额，官头等侍卫，妣舒穆鲁氏。考讳彦德，乾隆癸卯科举人，官绥远城将军，妣瓜尔佳氏，侧室任氏。三世皆以公赠光禄大夫，妣皆一品夫人。公，任太夫人出也。于兄弟行为季。幼沉敏，好读书，天性纯孝。年十四，遭任太夫人忧。间一岁，复遭外艰，哀毁骨立。弱冠，补诸生。道光己酉，选拔贡生第一。是秋，中副榜。咸丰元年，举于乡。二年，成进士，改庶吉士。

* 见李慈铭撰：《越缦堂文集》卷八，国立北平图书馆，1930年，第11—14页。

三年，授编修，迁侍讲，充文渊阁校理。四年，充日讲起居注官，晋侍讲学士，充文渊阁直阁事。五年四月，擢内阁学士，兼礼部侍郎衔。由庶常不三年至卿贰，前此未有也。

旋充福建乡试正考官。六年，充会试覆试、殿试朝考及散馆等读卷阅卷大臣，授镶白旗蒙古副都统。七年正月，授工部右侍郎，兼管钱法堂事务。十一月，赐奠朝鲜，严绝苞苴，东国称颂。八年三月，复命。适英夷至天津，故辅耆英以侍郎衔命往。文宗召见公，问某能任事否。对曰："其人怯懦，恐辱国。"天颜不怿。已而果然，文宗益眷公，有大用意，而时枋国者侧目目矣。六月，调镶红旗满洲副都统。八月，充顺天乡试监临。九月，科场事发，忌者欲因是中公，以失察议降调。文宗察其诬，改留。

九年二月，调刑部右侍郎。三月，署吏部左侍郎①。十月，出为伊犁参赞大臣。文宗召谕公曰："汝年尚壮，须历练，边疆重寄，非左迁也。"公感激流涕，誓以死报。十年四月，抵任。凡奏疏，皆自属草。旋命鞫前塔尔巴哈台参赞大臣滥保异姓台吉冒袭哈萨克汗狱。十一年八月，鞫阿克苏办事大臣改征回赋、私设盐课狱②。十一月，鞫叶尔羌参赞大臣苛敛擅杀狱。所至皆得情，无纵滥者。

同治元年七月，调叶尔羌参赞大臣③。叶尔羌者，南北八城之

---

① 咸丰九年（1859）三月，景廉兼署吏部右侍郎，此处误。

② 清廷命景廉查办阿克苏办事大臣绵性的上谕，发于咸丰十一年（1861）六月十五日。九月初二日，景廉自伊犁越冰岭前往阿克苏；二十二日抵达阿克苏，至十二初查毕该案。

③ 景廉调任叶尔羌参赞大臣，在同治元年（1862）四月。

輨辖也，汉回杂处，余孽潜伏。时西事萌芽，反侧蛰动，俄人耽耽，哈萨克、布鲁特诸部多贰于俄，安集延部屡出蠢扰。公筹饷治军，持以镇静。时朝廷方倚重公，公于中外交涉事屡密疏以闻。

二年十二月，以旧疾发乞休。同官中以事，遂落职，发宁夏军营自效。四年十月，故安徽巡抚翁文勤公卒于花马池军中，公代领其众，屡有战功。五年十月，授头等侍卫，为哈密帮办大臣。[①]时甘凉道阻，六年冬始募勇得千余人，骑不满百，持二十日粮，䟦嶇西进。

七年正月，抵玉门，时则有黄花营之捷、安西州三道沟之捷。公以哈密、巴里坤皆孤悬不可守，请暂驻后路，扼肃逆之冲。得旨报可。闰月[②]，抵安西，时则有四五道沟、清水泉之捷，双城堡之捷，罗家庄之捷，三水梁之捷，大山口之捷，白家庄之捷。十月，移镇敦煌，益布置设张，逆不得逞。

八年八月，抵哈密。时汉城残破，筑垒于蔡把什湖，与办事大臣文麟公连营，相掎角。时乌鲁木齐回逆妥得璘率吐鲁番和卓、玛纳斯汉回等万八千余人，东犯至沙枣泉，潜约哈密回王迈哈默特为内应。王素愚騃，其母福晋迈里巴钮以贼书呈官军，誓众力守。公遣使奖劳，助以兵，而与文麟公分饬所部逆剿贼，指授方略，前后夹击，凡大捷三、小捷五，连战六昼夜，𢦏贼千七百余人，夺获器械、牲畜不可数计。贼始窜遁。事闻，得旨嘉奖。

① 同治五年（1866）八月，清政府命景廉为哈密帮办大臣。

② 该年四月为闰月。

十年八月，密诏以俄人已得伊犁，将图乌鲁木齐，命公亟往规复。公即率所部度天山，驻巴里坤。十二月，授乌鲁木齐都统。十二年四月，进驻古城。七月，陕回白燕虎率众万余围哈密，破回城，分党扰巴里坤，安集延酋帕夏率汉回扑沙山子以应之。公以一军撍拄其间，日饮酒习射，故示闲暇，而分遣部将往援两城。先破贼于沙枣园，解沙山子之围。复大战于哈密之泥基头，杀贼千余，遂复回城，白逆远遁。于是哈密、巴里坤复完。论者谓是役也，新疆治乱大局系焉。未几，复破白逆于三道厂。十三年二月，复破之于西泉。六月，复破之于济木萨。又大破之于柳树河，禽斩无算。八月，授钦差大臣，督办新疆军务。公规划全局，将大有所设施，而为忌者所尼。

光绪元年五月，授正白旗汉军都统，召还京。九月，入觐，授都察院左都御史，赐紫禁城骑马。二年二月，署工部尚书。三月，命在军机大臣上学习行走。四月，充会试覆试阅卷大臣。五月，充教习庶吉士。七月，充崇文门副监督。十月，充总理各国事务大臣。三年正月，授军机大臣，擢工部尚书。四年二月，调户部尚书。十二月，充国史馆正总裁。六年三月，充会试正考官。八年十二月，充经筵讲官。九年六月，以失察户部司员云南报销事，降二级调用，仍留军机大臣、总理各国事务大臣。七月，补内阁学士。九月，迁吏部左侍郎。十一月，授兵部尚书。十年三月，复降二级调用。十一年四月，补内阁学士。八月，署镶蓝旗蒙古副都统。

综公一生，出入扬历，外总师干，内握政本，恩荣光显，受三朝之知遇不可谓不深，而柴立无党，屡起屡蹶。其翕讹之口固不足论，即知公者亦以为忠厚慎密，应变将略非其所长，故以左文襄公之知人，其始亦推为西北诸帅中第一，而终以书生少之。然当公之初抵伊犁也，故事，哈荫〔萨〕克贸易事讫即出境，后以货壖鬻，许留两三人，于西门外支庐树栅，守以度岁。后渐筑室，易栅而垣。公至时已列屋三百余间，周二里许矣。公谓患在肘腋，发将不可制，议毁之。将军札拉芬泰公执不可。未几，札公卒，公摄将军。乃疏言利害，请以便宜先事蹋平。或怵以势迫，恐激变。公不为动。又请俟旨，公曰："圣明在上，无不允者。"卒毁之。命下，如所请。其在叶尔羌也，严禁防军之以钱贷回民而重取其息。故去之日，回民男妇数千哭于玛札尔之庙。

其在枢廷也，戊寅冬停捐纳例，公竭力赞成。或曰："能保后之不复开乎？"公曰："名器滥则廉耻消，虽一日之停，庸愈于已。"庚辰冬，文恪公全庆正揆席，皇太后意以协揆属公，公以文恭公灵桂名位在前，力让之。新疆既定，将军忠介公金顺上公昔年战守功，公谓边帅推功枢臣，恐开迎合之渐，请勿许。壬午以后，言事者蜂起，以诋讦大臣为切直，同列或不平。公曰："政府如射之有的，言者期中的耳。何憾于我？且居政柄，而言者无忌，国家之福也。此辈年少气盛，不知择言，奚足校？"呜呼，即此荦荦数大端，公之严正仁恕，务持大体，虽古名臣亦何以加焉？

慈铭以庚辰会试出公门下，六稔之中惟一进见，而公心知其贤。在户部时，陕西司员主稿缺出，公欲以相属。有同列争之，公笑曰："是非以此为得失也。"遂别授人，是可谓爱人以德者矣。

公生于道光癸未六月二十五日，享年六十有三。配宗室夫人，齐齐哈尔副都统、署黑龙江将军讳玉英女。子四人。长治麟，光绪丁丑科翰林，国子监司业。次双格，殇。均宗室夫人出。次树格，殇，侧室张孺人出。次兆麟，尚幼，侧室王孺人出。三女，皆不育。

治麟以十二年十一月二十七日卜葬公于西直门外经厂庄之原，持公行状，属文神道之碑。慈铭窃惟碑志之例，辞尚简重，偏裨战绩，不宜著之。帅臣所以备书之者，欲见公之与西事相终始，而天山南北回夷之向背、形险之得失，亦略具于此，俾后有考焉。系之铭曰：

公遇文宗，四载隆隆。

将以大庸，赤舌中梲。

畀以西极，是抚是塞。

温宿谳繇，鼎湖上超。

攀弓而号，岛夷环觋。

花门群猘，戈壁以沸。

公秉戎旃，炊矛寝铤。

出入廿年，横流渐平。

谓公厌兵，召还帝京。

遂陟八坐，斡枢执舵。

以息水火，镇静不惊。

地官受成，养福不名。

匪鼎覆悚，大白若辱。

盛兮衰伏，臣力已殚。

愿国以安，形去神完。

营葬都邑，高原是式，利祀千亿。

参考书目

1. 景廉:《冰岭纪程(附〈度岭吟〉)》,稿本影印本,见刘家平、周继鸣主编:《古籍珍本游记丛刊》第5册,线装书局,2003年。

2. 景廉:《冰岭纪程》,稿本影印本,见中国社科院中国古代社会生活史料编委会编:《中国古代社会生活史料(二编)》第43册,香港蝠池书院出版有限公司,2013年。

3. 景廉:《冰岭纪程(附〈度岭吟〉)》,抄本,国家图书馆藏。

4. 景廉:《冰岭纪程(附〈度岭吟〉)》,稿本,美国哈佛大学哈佛燕京图书馆藏。

5. 景廉:《冰岭纪程(附〈度岭吟〉)》,稿本影印本,见高国祥主编,甘肃省古籍文献整理编译中心编:《中国西北文献丛书·三编·第一辑·西北史地文献》第26卷,朝华出版社,2020年。

6. 景廉:《冰岭纪程(附〈度岭吟〉)》,同治年间刻本,甘肃省图书馆藏。

7. 景廉:《冰岭纪程(附〈度岭吟〉)》,光绪己卯冬都门重刊本,国家图书馆藏。

8. 景廉:《冰岭纪程》,刻本影印本,见吴丰培整理:《丝绸之路资料汇钞(清代部分)》上册,全国图书馆文献缩微复制中心,1996年。

9. 景廉:《度岭吟》,刻本影印本,见吴丰培整理:《丝绸之路资料汇钞(清代部分)》上册,全国图书馆文献缩微复制中心,1996年。

10. 景廉:《冰岭纪程(附〈度岭吟〉)》,刻本影印本,见沈云龙主编:《近代中国史料丛刊》第36辑,台北文海出版社,1969年。

11. 景廉:《冰岭纪程(附〈度岭吟〉)》,刻本影印本,见边丁主编:《中国边疆行纪调查记报告书等边务资料丛编(初编)》第31册,香港蝠池书院出版有限公司,2009年。

12. 景廉:《冰岭纪程(附〈度岭吟〉)》,刻本影印本,见杨镰、石永强总主编:《丝绸之路西域文献史料辑要》第一辑卷二二七,新疆美术摄影出版社、新疆电子音像出版社,2016年。

13. 景廉:《行程日记》,稿本,国家图书馆藏。

14. 景廉:《行程日记》,稿本影印本,见李德龙、俞冰主编:《历代日记丛钞》第65册,学苑出版社,2006年。

15. 景廉:《行程日记》,稿本影印本,见高国祥主编,甘肃省古籍文献整理编译中心编:《中国西北文献丛书·三编·第一辑·西北史地文献》第26卷,朝华出版社,2020年。

16. "景廉传包",台北故宫博物院藏,档号:故传009500。

17. 清国史馆:《景廉列传》,台北故宫博物院藏,档号:故传

001541。

18. 清国史馆：《景廉列传》，台北故宫博物院藏，档号：故殿007477。

19. 清国史馆：《景廉列传》，台北故宫博物院藏，档号：故传005144。

20. 民国清史馆：《景廉列传》，台北故宫博物院藏，档号：故传007670。

21.《清国史》第10、11册，嘉业堂钞本影印本，中华书局，1993年。

22. 王钟翰点校：《清史列传》第14、15册，中华书局，1987年。

23. 袁大化修，王树楠等纂：《新疆图志》卷一〇七，天津博爱印刷局，1923年。

24. 赵尔巽等：《清史稿》第41册，中华书局，1976年。

25. 吕钟纂：《重修敦煌县志》，民国三十五年（1946）抄本，甘肃省图书馆藏。

26. 李慈铭：《诰授光禄大夫、建威将军、内阁学士、前户部尚书、军机大臣颜扎公神道碑铭》，见《越缦堂文集》卷八，国立北平图书馆，1930年。

27. 朱汝珍辑：《词林辑略》卷七，影印本，台北明文书局，1985年。

28. 李昉等：《太平御览》，从善堂嘉庆九年至十四年（1804—1809）刻本。

29. 李昉等:《太平广记》，谈恺明嘉靖四十五年（1566）刻本。

30. 韩愈:《韩昌黎集》第6册，商务印书馆，1930年。

31. 纪昀等:《河源纪略》，北平故宫博物院图书馆，1931年。

32. 和宁:《回疆通志》，影印本，台北文海出版社，1966年。

33. 国史馆纂:《嘉庆重修一统志》第29册，影印本，上海书店，1984年。

34. 实录馆修:《清实录》，影印本，中华书局，1986—1987年。

35. 中国第一历史档案馆编:《咸丰同治两朝上谕档》，影印本，广西师范大学出版社，1998年。

36. 钟兴麒、王豪、钟慧校注:《西域图志校注》，新疆人民出版社，2002年。

37. 松筠纂修:《新疆识略》，影印本，见《续修四库全书》编纂委员会编:《续修四库全书》第732册，上海古籍出版社，2002年。

38. 林竞:《蒙新甘宁考察记》，甘肃人民出版社，2003年。

39. 倭仁:《莎车行记》，见方希孟:《西征续录》，甘肃人民出版社，2003年。

40. 徐松撰，朱玉麒整理:《西域水道记（外二种）》，中华书局，2005年。

41. 傅恒等:《钦定西域同文志》，影印本，吉林出版集团有限责任公司，2005年。

42. 张岱缀辑，龚明德校勘:《夜航船》，四川文艺出版社，2023年。

后 记

《景廉行记校注》的工作，始于2013年课题组赴中国国家图书馆查阅资料，当时复印了《冰岭纪程》光绪己卯（五年，1879）冬都门重刊本。后来在西域文史研究中，课题组获得了《冰岭纪程》更多的版本，并在查阅景廉史料的过程中获知《行程日记》。出于对景廉行记作品的热爱和建设历史学与中国语言文学学科的需要以及推进“文旅融合”的使命担当，课题组决定将景廉的行记作品进行点校整理，以服务“文化润疆”工程，充分发挥其当代价值。

本次校注工作，得到了新疆维吾尔自治区普通高校人文社科重点研究基地边疆中华文史研究中心重点项目“伊犁将军传记丛书（第一辑）”（BJWSZ202103）、伊犁师范大学校级重点项目“《冰岭纪程》整理与研究”（2021YSZD002）、创新团队计划项目“伊犁将军研究团队”（CXSK2021015）的资助。本书的出版，得到了伊犁师范大学学术著作出版基金、伊犁师范大学自治区教育系统铸牢中华民族共同体意识研究与实践基地、伊犁师范大学“中国语言文学”自治区重点学科的资助。

在景廉行记的整理过程中，伊犁师范学院原院长吴孝成教授对校注工作、后续研究进行了指导，并慷慨作序、殷切鼓励。承蒙唐智佳博士告知哈佛大学哈佛燕京图书馆藏有《冰岭纪程》定稿本，并在后来的文献查阅中多次给予帮助。为更好地培养本科生的专业素养，让他们深度体验研究过程，课题组邀请伊犁师范大学历史学专业2019级桂雪瑞、马文静、鞠晓芳同学参与了《冰岭纪程》整理的前期工作；锡伯语言文学专业2021级田锐同学初步整理了景廉“行状”。学生的参与推进了教学相长，长期的文献研读为师生教学共同体奠定了坚实的基础。广西师范大学出版社肖爱景、刘艳艳女士等为本书的出版给予了大量专业的指导与帮助。谨向上述协助推进本项研究的人员与单位致以诚挚的感谢！

本次校注是课题组进行古籍整理的首次尝试。在工作中我们既感觉新奇、兴奋，不断体验到学习新知、克服难关的成就感，又因不断涌现的拦路虎时常感到困惑、彷徨甚至挫败。整个研究过程，是课题组一次难得的学术经历与体验，为后续开展西域古籍整理奠定了坚实的基础。现在最终呈现在读者面前的定稿，仍然不完美，或还有疏漏之处。我们希望本次校注能给读者带来一份便于利用的西域文史读本、一份研究景廉的史料索引。校注中的任何不当之处，欢迎读者不吝指正。

邓彦、陈剑平、范学新

2023年9月20日